我们只是不想要一个平庸的未来

林一芙 著

北方联合出版传媒(集团)股份有限公司
万卷出版公司

图书在版编目（CIP）数据

我们只是不想要一个平庸的未来 / 林一芙著 . --沈阳 : 万卷出版公司, 2017.10

ISBN 978-7-5470-4672-2

Ⅰ. ①我… Ⅱ. ①林… Ⅲ. ①散文集－中国－当代 Ⅳ. ①I267

中国版本图书馆CIP数据核字(2017)第237641号

出版发行：北方联合出版传媒（集团）股份有限公司
　　　　　万卷出版公司
　　　　（地址：沈阳市和平区十一纬路 25 号　邮编：110003）
印 刷 者：河北鹏润印刷有限公司
经 销 者：全国新华书店
幅面尺寸：145mm×210mm
字　　数：180 千字
印　　张：7.75
出版时间：2017 年 10 月第 1 版
印刷时间：2017 年 10 月第 1 次印刷
责任编辑：胡　利
责任校对：高　辉
封面设计：仙　境
ISBN 978-7-5470-4672-2
定　　价：38.00 元

联系电话：024-23284090
邮购热线：024-23284050
传　　真：024-23284521
E-mail：wanrongbook@163.com

不普通的人，是坚持做好每天必须做的事情，也是在面临突发情况的时候，能够勇敢地站出来，做出最正确的决定。

一个人能不能跟周围的环境融合，主要取决于自己的内心。环境会潜移默化地影响你，但不能永远决定你。你必须要在一片荆棘里，长成自己喜欢的样子。

耽于走马观花的爱情里，尝不到细水长流。不如摆出一副不迁就的脸，不求竭泽而渔，用余生等一个最对的人——晚点遇到他，余生都是他。

别神化任何一种生活，将它想象得独一无二。

你不是为了活成一个童话存在的，头上的星光和脚下的泥土一起，筑成一个活生生的你。

只要你能对自己的生活负责任，它就是好的生活。

轻松的人生，总是让人难以抗拒。可真正轻松的人生，应该是当你培养起了一种积极主动的自律性、能够完全地去掌控生活之后才能达成。

未来的人生里会有无数次要你去选择，就像旅行让你知道，你终究不会获得理想中完美的人生，但你每时每刻都有机会去挑选自己想要的。

序言：曾经发誓要做了不起的人

前一段时间和作者朋友们一起聊天，大家不约而同地提到了“红”这个话题。

我们中间当然有很“红”的人，这个“红”人掏钱请了那顿饭。世界上这么多人，当下总要有人是出类拔萃的，无论这种响当当的名号是昙花一现还是万古长存。

从十二岁第一篇文章见诸报端，至今已经又写了一轮生肖年。中途断断续续，却从未想过要停笔。

如果让我挑一样东西自比，大概是落在尘埃里用高倍放大镜细细端详都不会被人发现的微粒吧。

我曾经度过了一段极其平庸的时光。

那时候，我是朝九晚五在格子间里默默低头敲键盘的上班族，写作不过是业余的调剂。

生活太乏味了。偶尔抬起头，看到窗外的夕阳被铁栅栏分隔开像被叉子切碎的荷包蛋，居然也会嘿嘿地傻笑出声来。

那时的生活是一道单选题。偶尔会想起年少时曾大发诳语说要做个很厉害的人，想起来就像是一句疯话。

我知道啊，你和我一样，都曾经发誓要做了不起的人。

可是我们大多数人，只有普通的人生。没那么闪闪发亮的天赋，没有含着金钥匙的出身，再怎么努力，都无法与一帆风顺的人生媲美。

更倒霉的是，我们也没有多少机遇和运气让自己像网络红人一样跳跃式发展。多年努力后，依然在普通的生活里，神情里带着点焦虑，也有点不甘。

我们小时候都有梦想，想长大后成为很厉害的大人物。可是等到长大后才突然发现，现实没想象的那么简单。于是有人妥协了，丧失了斗志，接受了命运的安排。他们接纳了平庸的“庸”字，将梦想塞到无人问津的角落里，准备碌碌无为地过完一生。

但还有很多人不愿活在平庸的世界里。他们始终秉持一颗不服输的心，不妥协，不放弃，不将就，努力让自己变得不一样。

哪怕与最出色的人比，他们依然普通，即便费了很大力气也只能追赶一点，但他们仍旧享受这个过程。

反正都这么平凡了，有什么好怕的呢？平凡反而给了你机会去尝试所有未知的事情，前路就算未知，也还是要走走看啊。

这本书，就是献给普通人的生活手册。有人在用损人不利己的方式重击生活，就有人在用最平和的方式抵抗生活。

这本书里记载的都是后者。他们都是最普通的人，却仍然选择一种向着优秀前进的生活方式，努力缩短和优秀之间的距离。

人不会永远被生活虐得体无完肤，向死而生才是生活的禅意。

普通人的努力，或许不会获得一蹴而就的成功。但至少，当你某天夜半忽然醒来，站在天台上看着眼前山雾迷蒙，想到的不会是北岛那一句“如今我们深夜饮酒，杯子碰到一起，都是梦破碎的声音”。

——这就是普通人努力的理由。

林一芙

2017年3月

目录 Contents

1 像少年那样，我们都有不甘普通的英雄梦

2 我们要承认平凡，但不要对平庸妥协

3 时间过得太快，要努力奔跑但不要着急

4 优秀就是让自己不落入平庸的俗套里

5 没有一种生活叫“最好的生活”

6 你够出众，才有人关注你的出格

眼前的苟且不可怕，
因为我知道生活在一天一天变好。

1

像少年那样，

我们都有不甘普通的英雄梦

生活的样子，就是你对待自己的样子。

用最好的你，用心去对待最坏的生活。

没有人在少年的时候，想成为一个普通人

1

今天例行读书的时候，看到了一个句子——“没有人在少年的时候想成为一个普通的人”。

这句话突然就像是一阳指，一瞬间就戳到了我的心坎。

传说每只妖精都有琵琶骨，被抽走了就离开了。大概每个少年都曾经梦想过叱咤风云地炸出一番天地，最后却都被抽去了那条琵琶骨，做了世间最俗气的庸人。

小时候我们学校要求女孩子都必须把头发剪成齐耳短发，唯独舞蹈队的孩子不需要。所以，即便练舞蹈基本功，被老师压得胯下酸痛，强忍着，把牙齿咬得咯咯作响也要坚持下去，只为了留下与

众不同的长头发，在走进学校大门的时候，飘逸地甩一甩。

这一份幼稚，便是当年不肯落入俗世的倔强。

总觉得这个世界千人一面，而少年时的我暗暗发誓要做那个不一样的。让别人远观茫茫人海，第一时间就看到我。

2

小的时候，男孩们做梦要做英雄，拯救世界。女孩们幻想成为公主，住进城堡。

到了少年时，梦想就像抽了芽的树，开始有各自缤纷的形状。但没有人会幻想自己未来会是站在人群中碌碌无为的普通人。

几乎每个人小的时候都写过一篇命题作文，名叫《我的梦想》。如今回想起来，大家都想象未来的自己是音乐家、画家、科学家、工程师，总之都是人中龙凤，没人想做坡上的一棵无名的小青草。

3

当我们分享轰轰烈烈的梦想，去追求平平淡淡的生活姿态时，我们才发现，原来平淡，也是一个极其具有挑战性的话题。

每一天按时上班打卡，工作中不出纰漏，下班按时回家，悉心照顾父母孩童，要做好远比听上去困难得多。

一张100分的考卷，从0分升到10分是容易的，从20分升到60分又再难一些，而从98分到100分，真难于上青天。

生活这份答卷，大多数人勉勉强强达到了60分就自我满足了。**偶尔做个不合格的孩子、不合格的父母和不合格的职员，也觉得在**

情理之内，那你就和这个世界上80%的普通人一样了。

完善自己的每个身份和形象，要求甚至苛求它们参考更高的标准。每天能在平凡的路上比别人多走两步，就不普通了。

我几乎没有看到一个成功的人，让生活、工作、情感中的任何一个环节成为自己的短板。

上个月我在奥林匹克公园附近，因为找酒店迷了路，幸运的是遇到一个半夜出来跑步的男子，他爽快地带着我找到住处。言谈中得知，他住在我对面的高级酒店，是来北京出差的。

我道谢过后，原以为他会停止夜跑，毕竟转身就是他住的酒店。没想到他爽朗一笑，大手一挥，又消失在夜色里。

看着他折返的背影，我从心底感慨：能一丝不苟地对待生活，生活也不会让你太普通。

生活的样子，就是你对待自己的样子。**用最好的你，用心去对待最坏的生活**。

若你能体面地出席最坏的人生，生活也会害怕，给你腾出一条漂亮的路。

4

不普通的人，是坚持做好每天必须做的事情，也是在面临突发情况的时候，能够勇敢地站出来，做出最正确的决定。

前一段时间，我看到一个电视节目，节目里，一个女演员装作被恶人搭讪的样子，在餐厅里向男孩们呼救。

男孩们挺身而出，拦在了女孩身前，与扮演恶人的那位五大三粗的男演员互相推搡。

事后，腼腆的男孩们表达了当下内心的恐惧，却也说虽然很害怕，但既然看到了女孩的求救就不能坐视不理。

我翻了其中一个男孩的微博，言语间依然是个普通男孩的样子，偶尔玩玩网络游戏，周末宅在家里吃外卖。与朋友谈笑，插科打诨，很是可爱。

好莱坞大片里的各路大侠，生活中也多是常人模样。区别只是在于临危不惧，临乱不恐，在胆小怯弱的各路人马纷纷缩手缩脚时，勇于临危受命。

再往小了说，就是敢出来维护自己认为对的事。

有的时候觉得，或许人越长大，越知廉耻，越懂胆怯，便不能像少年时那样，什么事都爱插上一足。

但总有这样的一个晚上，在被窝里，记起自己曾经是闪电一样的少女，记起自己是曾期待与世界交手的少年。

我只是暂时看上去和你们一样

前同事辞职了，理由是考入了一所国外高校。

我们谁也不知道，这么忙碌的工作里，他是如何能一边兢兢业业地完成工作，一边通宵达旦苦读、申请学校，考入一所行业内知名高校的。

我们祝福着别人的飞黄腾达，也一边反省着自己。

有时候我会遇见一些人，他们暂时看上去无论境遇还是能力，都和周围的人相差不大。但细看他们的所作所为，**我心里清楚，我们之间的“相似”不会持续太久**。**因为每个人对待生活的样子截然不同**。

有人在生活夹缝里，依然在探索着更好的出口。有人早已习以为常，丧失了突破环境的决心。

我身边有个姑娘，中考之前因为家庭出现了一些状况无心向学，毫无悬念地进了一所三类高中。

在这个名不见经传、被公认为“垃圾饲养场”的学校里，各色人等都有。有等着父母将其送出国门的富二代小姐，有稍不顺意就离家出走的叛逆少女，有总在和老师对着干的破坏分子，也有打架斗殴的小混混。

第一天去上课，她就被教室里的情景惊呆了：一个老师进来，没说几句话，大家嘘声一片。有人在教室大喊了一声，全体同学肆无忌惮地哄笑起来，对课堂纪律视而不见。

她原来也不是一个有心向学的姑娘，却也被这里的环境惊呆了。身边的人是如此心安理得地准备接受一个平庸的未来，就像被温水煮过的青蛙，已经丧失了跳出来的能力。她暗下决心要抓住这个机会，成为和周围的人完全不一样的人。

于是，在乱糟糟的课堂上多了一双聚精会神的眼睛。老师也很快地注意到了这双眼睛。在这样的学校里，很少见到愿意潜心学习的学生，老师惜才，惊喜之余更是暗中栽培她。

在这样的环境里，姑娘也受到了许多的非议。她咬牙安慰自己，这是因为自己太晚才开始努力的缘故。如果早一点专心学习，现在的自己就应该坐在窗明几净的教室里，身边书声琅琅，同学们携手奋进。**现在的自己，正在为过去那个不努力的自己“买单”，要是现在还是浑浑噩噩，未来的自己就要为现在的不努力“买单”**。

姑娘在三年之后，终于不负努力，考上了一所心仪的大学。

她回想那时候的生活，忍不住感慨，自己就是靠着一句话活下来的：我只是暂时看上去和你们一样，但我会抓住任何机会，和你们不一样。**我不喜欢他们的样子，我想证明我跟他们不一样**。

人到底能不能摆脱周围的环境成长起来？俗话总是告诫你，近朱者赤，近墨者黑。好像你掉入了黑染缸里，就得被染成一只见不得光的乌贼，无法全身而退。可是你别忘了，俗话也说过，出淤泥而不染，濯清涟而不妖。

环境对你的影响应该是这样的。**倘若你长在森林，落在一片参天大树之间，哪怕是条小小的蔓藤，也要覆于木上，努力生长，到达树的高度；但若是你不幸降生在灌木丛，你要相信自己是森林的一颗种子，绝不能被一路的灌木同化，要尽可能地生长**。

一个人能不能跟周围的环境融合，主要取决于自己的内心。环境会潜移默化地影响你，但不能永远决定你。**你必须要在一片荆棘里，长成自己喜欢的样子**。

我高中时在舞蹈队，队里一共二十几个姑娘。

练基本功的时候经常要用到弹力带，大家的舞鞋也都寄存在舞蹈室。

下课铃声一响，我们脱了舞鞋、扔了道具就往教室外跑。只有一个小姑娘每次都帮老师把舞鞋摆好、道具收好，再协助老师把满是汗渍的地面小心翼翼地擦洗一遍。

当然她也格外受到老师的青睐，那时候不懂事的我们私下议论

“马屁精”“有心机”“假模假式”，甚至当面嘲讽她：“你那么能干，为什么不把全校的卫生也做了？”

想一想，那时候的我们大概是有些嫉妒吧。毕竟在二十多个姑娘中，她是唯一一个能受到老师课外点拨的。同在一个教室，她已经显得与我们有一些不同：她的舞步永远是最快学会的，每次都被挑选出来给我们做镜面示范；她的舞步很到位，每一个节奏点都踩得准，相比之下，我们的舞步显得粗糙不堪。

后来这个姑娘理所应当地成了领舞。这当然不是因为潜规则，她花了更多时间和心思来学习，凡是有疑惑都能当场解决，这才有了考核时的出色发挥，让我们心悦诚服。

虽然同样是学舞蹈，但是她尽心地完成每一次善后，将四十五分钟的课延展开。

环境捆束不了你的手脚，困兽之斗，犹能突围。但环境最可怕的一点，在于它能同化你的精神，给予你精神麻痹——“在这个环境里已经很好了”，“身边的人都这样，我也这样吧”。

我们每个人都只有二十四小时，但是有心人却可以将二十四小时无限地扩展，这些时间足够让你去脱离任何一个你想脱离的环境。生活是看人脸色的，你若将它二十四小时好生伺候着，生活一定也会赐你同等的回报。

女生的脸上一定不能写着『缺爱』二字

前几天我在等车的时候，身旁站着两个同龄的男孩，于是我听到了下面这段对话：

“喂，你到底是追到没有，那种饥渴难耐的女孩子追起来容易吧？”

“反正半推半就吧，哄一哄就很听话。”

“你打算和她好多久？”

“不一定吧，不知道以后会不会老管着我……”

车一到，我来不及听完就离开了，但这段话一直留在我耳边，刺刺挠挠的。

风挺大，话听不太清，中间当然也有讲到姑娘的各种好——体贴、温柔、百依百顺……但所使用的语气，在我听来，都是调侃和轻蔑的。

说这话的男孩子，我打心眼里瞧不起。

女生一定不能在自己的脸上写着“缺爱”两个字。缺爱和缺钱一样，因为缺就会想办法使劲弥补，要么虚头巴脑地假装自己特别“有”的样子，要么不论好坏一律往自己怀里揽。

我特别怕看到面对爱情猛扑上去的姑娘。她是真的勇敢，我也是真的敬佩，可是这样的故事背后大多藏着一颗缺乏安全感的心。

其实缺爱的姑娘们在爱情里的反常表现，身边的人都能够感受得到。周围的人都看得门儿清，知而不宣，慢慢地消耗着。

我认识的一个姑娘，家庭并不美满，父母常年分居争吵却始终不愿意离婚。于是，姑娘安慰自己，只要有一个人爱就好吧！

她也确实身体力行地这样做了。大学刚入学的时候选择社团，我们都是兴趣使然，而她早早地耳听六路，在论坛里询问哪个社团有高质量的男孩；大学第一年，她尚未遇到合适的人，情人节当天，我们欢欢喜喜地开完单身party，回来就看见她哭丧着脸哀叹着爱情为什么还不来；大二以后，她开始扑到爱情里，秀恩爱的对象换了一茬又一茬。

她好像很慌张，生怕自己永远只是驿站，但又在这种恐慌下，越活越像是驿站。

整个大学时光，她以为自己时时刻刻处在被人呵护宠爱的爱情里，但四周的人看到的她却是不停地强迫自己的爱情没有空窗期。

在我们眼里，她是那种特别容易被人乘虚而入的女孩，在空窗期的时候，几乎是不挑不拣，脸上“缺爱”的字样像是刻上去的。

时时刻刻都想要被爱的姑娘，生活中是多缺少爱啊！

要知道，如果你愿意，男孩追你的成本是可以很低的，一束玫瑰、一份情人节礼物就能收买。但如果你愿意不把注意力放在“缺爱”这件事上，你或许值得一个价值观相同、兴趣相符、实力相当的爱人，这原是比玫瑰和礼物更珍贵的东西。

之前看过一档真人秀节目。节目里，一位单身明星妈妈在儿子的注意力被其他事物分离之后，放低姿态恳求儿子，“今天可是我们独处的时间呢”，“你这么不关心妈妈，妈妈可要伤心死了”，“我们俩难得有这样相处的时间”，强行求关注。

现在“妈宝男”屡见不鲜，究其原因，还是大部分的母亲都有缺爱综合征。**她的付出，在丈夫那里得不到等值的爱。于是就用等量的付出放在自己的异性孩子身上，用母爱的借口，强求孩子回馈等值的爱。**

当孩子对一些事物感到好奇的时候，缺爱的母亲不会和他一起研究，而是喋喋不休地把孩子叫回来，让他一直围着自己转。

朋友A家里从小姐妹很多，父母独宠最小的弟弟。自她记事以来，父母总是将家里的农活交给她干，她暗地里争气，终于考上大学，迎来焕然一新的生活。

但比起怎么样在大学中成为更好的自己，她更指望着有个依靠的人。

有时候她不在场，男生多了，开起玩笑，说起A，“听说她刚跟B分手，又跟隔壁班的一个好上了，改天你要不要去追一追练手？”

她自身的魅力不差，处境和第一个故事里的姑娘相同，却总让人感觉她是为爱而活。没有爱的时候，谁都可以将就。

她身边的历任男朋友，总感觉有一种跌价的感觉，因为知道追到她也不是什么难事儿，搞得自己追到了，也像是买到了九块九包邮的赝品。

后来A迷上了油画，闲暇的时候会参加周末的油画班，因此也认识了一群志同道合的朋友，这些朋友带着她一起去室外采风，去婺源画油菜花，去厦门画海。热热闹闹的友谊弥补了她索然无味的生活，**渐渐地，空窗期变得也不那么可怕，失去了爱情作为庇护，仍有五光十色的生活可以弥补上。**

在一群热闹相爱的人群中，对爱情感到焦虑再正常不过了。有的人守着时光，等待着爱情降临，有的人，饥不择食，在慌乱中，硬要选择一种看上去像是被爱的人生。

围观的看客们自然不会说，不过，心里都跟明镜似的呢。长此以往就会给人留下一个好打发的感觉。都说女人像一把锁头，若是所有的钥匙都能打开，也便没有什么用了。

不要问为什么身边的女孩都有了男朋友，而自己没有；试着问自己，如果把她们身边的男孩给你，你要吗？

耽于走马观花的爱情里，尝不到细水长流。不如摆出一副不迁就的脸，不求竭泽而渔，用余生等一个最对的人——晚点遇到他，余生都是他。

你若盛开，管他爱情来不来

1

认识丹阳的时候，她大学二年级，我大学一年级。

我们是邻校，因为两所学校挨着边，就经常在一起办联谊活动。我是大一新生，理论上只能做学校文娱部的干事。而她那时大二，本来到了大二，在“仕途”上毫无进展的姑娘们就会纷纷选择隐退或者是挂个名字加学分不干活。唯独她，忙里忙外，跑前跑后。后台催场、递麦克风、发节目单、播音乐，忙得不亦乐乎。

她们学校文娱部的其他干事，都是大一学生，嘴上叫着她前辈，心里头却低看她一眼，总觉得到了大二还在打杂是没能力的表现。

丹阳长得不是很好看，棱角分明的方脸不太讨喜。微微发胖，穿起纯色的衣服显得肚子上的赘肉就像被吹起来的气球。

她没有任何才艺，在百花齐放的文娱部并不显得突出。部门烧烤时，我发现她也不算是一个说话有趣的人，别人在一旁行着酒令，她闷闷地在一旁烤着食物，伺候着火候。

她的朋友圈里充斥着最肤浅的泡沫偶像剧，长吁短叹着没有爱情，隔着屏幕都能感到她一脸焦虑的样子。

2

突然有一天丹阳来找我，问我要不要和她一起办健身卡，我想反正二人同行总有特价，就办了一张，结果自然而然就荒废了。

可是丹阳每天都去，她在朋友圈里直播她的健身过程，或是对着镜子撩起衣角露出小肚子，或是穿着紧身裤在河畔跑步，或是在大学城里踩单车。

每一张照片都露着小肚子和大膀子。说实话，**我们大家都不觉得有多好看，也不相信任何一种坚持能够在短时间内将一个普通的姑娘打造成美人**。

起初我还看一看她今天跑的公里数，到后来我基本连看都不看一眼，就刷过去了。

几个月后丹阳开始学英语口语。朋友圈里又开始泛滥她的练习小视频，丹阳磕磕巴巴的口语水平和错误百出的语法，完全对应不上大家对一口正宗英国伦敦腔儿的想象，充其量就是英国郊区小学文化的老妪水平，全无大珠小珠落玉盘的美感。

后来丹阳又参与了某个口语网站的“每日打卡”活动。由网站的领头人每天筛选出一个有深度的主题，带领大家一起讨论。

起初谈论的还是一些简单的生活话题，后来就开始涉及经济、文化等专业领域的探讨，满满的思维导图覆盖掉了朋友圈里大面积的肥皂剧截图。

3

大概半年之后，在筹备迎新晚会的时候，我再见到丹阳，虽然体形上还没有太大的变化，也没有一口正宗英国伦敦腔儿，但她自信、爽朗得多了，再也没有谈起关于爱情的久待不遇，也没有埋怨过真爱难寻。

你一直努力下去，就会看到一条直通罗马的大路。有谁不喜欢美好的事物呢?

一个女孩子想要变得更美好是多么简单，对外形多加修饰，新学一门有趣的特长，做一个说话时能让人如沐春风的人。

一个女孩子想要变美好又是多么困难，她需要的是毅力和踏出第一步的勇气。

别吝啬你的赞美

不知道从什么时候起，我开始迷恋赞美他人这项事业。

昨天下楼买福鼎肉片，发现摊主的女儿在帮她加调料，小手一抖，勺里的调料一半撒进汤里，一半撒在桌上。眼见摊主就要蹙眉，我搂搂小姑娘的肩说，你女儿真懂事，小小年纪就能帮你做事。摊主的眉头刹那间就松开了。

今天在微波炉旁接电话，看见同事进办公室热饭，眼尖地看见最上面的酱肘子，就随口夸她厨艺好。没想到同事兴奋不已，滔滔不绝地讲起，这是她第一次做酱肘子，酱料是如何准备的，火候是如何掌握的，自己的老公和孩子吃得有多开心。

有人说，你这样太虚伪了。

我也曾经碍于自己内心的要强，或是害怕暴露自己的见识贫乏，而耻于赞美他人。而如今，我不是被世俗打磨得圆滑，我只是想不到有什么理由去拒绝赞美。

赞美不是拍马屁，合格的赞美应该有一说一，发现别人的亮点。就像摆在面前的十个烂苹果，我能以最快速度选出卖相最好的那一个。何况我们在生活中遇到的大多数人并不是十个烂苹果，他们各有闪光之处待人挖掘。

赞美，实则有两个步骤——发现美与遣词造句。

发现是其中第一项重要的环节，久而久之，自然而然便能多角度地发现美。修炼出这双眼，再去看世界，就好似锤炼出一个新的感知美的器官。**即便看到的是一摊烂泥，你首先看到的也是它曾“化作春泥更护花”，而不是“强于污淖陷渠沟”**。

所以你看，赞美是件多么好的事情。**你不曾历经千难万险地去改变世界，只因锤炼出一个对美的敏感度更高的器官，就让世界因你而改变，何乐而不为？**

有时付出一句敷衍的赞美可能收获一个真挚的赞美。当他人想找碴或是心情不顺时，一味泄愤，毫无疑问，你将会收获对等的愤怒。但你发现没有，当你对着一个人说“你今天的帽子很流行，颜色很美”，对方一定绞尽脑汁地从你平平无奇的衣着里也挑出一点，最后落在了你的白条纹衬衫左边口袋的第二颗扣子镶的粉边上。

“这颗扣子巴黎时装周的××模特儿衬衫上也用啊！”于是你想，哇，原来我今天这个扣子这样大有来头啊。你看，你今天是不是凭空多收获了一颗来自巴黎时装周的扣子？

贾玲曾经排演过一个小品叫《女人N次方》。中间有个桥段，就是运道唱衰的姑娘在持续衰了一整天后，遇到个老太太。老太太听了她的事儿后，一下躺地上向她索要五万块，一副碰瓷的架势。正当她一筹莫展时，老太太拍拍屁股站起来，说，姑娘，现在是不是觉得手上多了五万块？

虽然是个黑色幽默，但是同理可得，**一个假想的赞美通过层层交换，也可能在最后挖掘出一个发自肺腑的赞美**。

从反面来说，不去赞美的我们又能收获什么呢？

通常来说，我们之所以觉得赞美无一利而有百害，大多是害怕赞美掩盖了耳目，触发了不切实际的自我膨胀。

可是我们又有寓言，说两父子骑驴，无论父亲骑驴，或是儿子骑驴，再或是父子两人共骑驴，都引人非议。最后父子两人干脆扛着驴，也依然有人指指点点。

人多口杂，对错无从知道，建议的有效程度更无从得知。犯错还能大摇大摆走在人前示众的，也多是对自己的错误浑然不觉。

就算苦口良药，在不能事先获知其药效或是浑然不觉自己患病的情况下，若没有糖块在后候着，谁甘心食用？

不如以赞美为铺垫，再辅以清风细雨般的循循善诱，这样谁又能当作耳旁风？

或许上面这些浅薄的大道理不足以将赞美的种种好处说得彻底，那我们就来接着说说开头的那两个故事吧。

后来我几次经过那家福鼎肉片摊，看见小姑娘动作麻利地加着调料。有天下班，忍不住点了小份的，这回，小姑娘也不知是手抖还是什么，给我盛了满满一大碗。

我也如约吃到了同事的酱肘子，酥烂香醇，比起第一次的更加色香味俱全。

所以你看，就像我有什么理由拒绝福鼎肉片和酱肘子一样——我有什么理由拒绝赞美?

我要拼了命地努力，才能换来一个普通的人生

也不知道这些年的媒体是怎么了，或者，是从很多年前就继承下来了一种习惯：

拼命鼓吹着放弃高考，凡是高考状元，必是学习轻松、天赋异禀，强调着“生命的意义在于体验最多而不是最好”。

水往低处流，人往高处走。大概完美的人生最让人艳羡，人人想要而不可得，便诉诸笔端而后快。

关于这些新闻的评论，其中一句让我印象深刻：

我没有皇城根下的家，也没有留过洋的爸妈。我只能咬着牙拼命学习，在千军万马中挤破头，换来一个国内普通的大学，而我还要拼命努力，才能换来一个普通的人生。媒体却把千万个我们这种普通家庭出身却从没放弃努力的孩子，当成了傻瓜。

我特别想让你们看看另一种人生和另一种平庸的成功。

我出生在去县城还要开摩托车半小时才能到的南方村落。

故乡有山，有水，有村落，有玩伴，还有父亲用来营生的一家食杂店。

有一天我半夜发烧，突然想吃点什么。

那时县城里的小孩已经把旺旺雪饼当成垃圾食品，在我们这儿还新鲜着。食杂店里的雪饼是撕开大包装按个数卖的，邻近的小孩路过，掏点零钱买来果腹。

我虽然知道不能乱动，却还是偷吃了一块雪饼。

结果被我妈一顿暴打，她边打边骂，你个瓜娃子，饿鬼附身了不分好东西坏东西，拿来卖的东西你也偷吃。

我从来就不知道什么叫“好的人生”。

因为书本里有，所以我极爱读书。那时我才知道世界上有那么多种高姿态的人生，有钱人有那么多丰富多彩的玩法。

我不知道读书能给我提供更多的选择，因为那是我仅有的唯一的选择。

第一次听到“素质教育”这个名词，是在我转到县城初中的时候。开学的时候，校长拼命强调“我们学校还是要重视素质教育”。

后来听班主任说，“素质教育”就是唱歌跳舞弹钢琴。我觉得奇怪，那怎么能算是教育的一种，这分明就是享受、消遣、奢侈。还好，班主任说，这只是口号，喊一喊也就过了。

后来，我还真成了“素质教育”的领头羊。我在县高中组了乐队。虽然这个所谓的“乐队”，总共就唱了一次，在学校黄沙漫天的操场上，用大音量的喇叭，配上含混不清的英语歌词。

那时候住校生里刚流行起录像的手机，像素极低。大家拿着手机咔咔咔地录着，留下了我们现在看来自取其辱但在当时自认为“巨星范儿”的表演。

后来我才知道，在同样的年龄，已经有很多人在校园里拿着贝斯，在开一场真正意义上华丽璀璨的演唱会了。

我们明明在同样的年纪做了同样的事情，可是我没有机会也没有人告诉我怎么样才能做好。

因为书里都说“贫家多文人”，所以高考报志愿的时候，我报了我以为穷人学得起的中文。

到了大二，我就后悔了。因为所有人都告诉我，“你想学中文，你想学媒体，先把自己捯饬清楚吧。媒体是个就算穷到叮当响，还得把自己包装得光鲜亮丽的行当啊。”

但女孩终究是爱美的，虽然走了些弯路，还是人模狗样地度过四年，漂漂亮亮地出师了。

我走在路上会被别人叫作“靓女”，虽然真实性值得商榷。

毕业后我留在北京，第一份工作是在一家小网站做一些深度访谈，每周休一天。单位小，分工不明确，跑现场、写调查、更新自媒体，像一块随时可以安在任何位置的砖头。

我记得第一次拿工资是七月十一日，我那时候好激动，直接用网银转了一笔最大额度的钱给家里，然后特别开心地给家里打电话。

“我寄钱回家了！你记着收。”

然后我把具体的数额报出来。

我爸很惊讶：“怎么寄这么多？你自己没留着点用？”

我等的就是他的这一句话，我狠狠握着电话：“我还有！爸，我还有！我一个月赚可多了。”

这是我第一次寄钱回家。

我挺喜欢走在北京的大街上，听着来来往往不同的口音。

我想到我的孩子，他虽然可能不会有一个北京的户口，但至少有一个见过北京的母亲，可以告诉他这世界还有不同的样子。

他吃旺旺雪饼的时候，可以大大方方地撕开包装，一口一口地咬，不用舔干净上面的糖花。

他可以看到比我当初看到的更远、更辽阔的世界。

当年父亲依依惜别送我前往北京，现在他也已经来过了几次，每次都说着“有生之年，托你的福，让爸爸也来瞧了一眼首都”。

这普通的日子，足以让我热泪盈眶。

科比说，他知道洛杉矶每一天凌晨四点的样子。而我，知道北京每一天凌晨一点的样子。

十二点从单位下班，用打车软件叫辆车，一路闲侃。司机也多是混迹在大城市里的外乡人，买了车，却依然抱着能赚则赚的目标，在休息的时间里出车赚油钱。

我们一起看着北京的街道，对着晚上十二点半依然灯火辉煌的城市内心感慨着：这是我的北京啊。

万籁俱寂，我们终于有了自己的一方天地。

刚开始，当人们在网络上口诛笔伐“凤凰男”的时候，其实作为一个“凤凰女”，我的心里是有些抵触的。

后来便释怀了，我不仇富仇美，更不把精力放在所谓的不公平上。你们不甘于成为普通的人，追逐诗和远方，而我还要拼了命地努力，才能换来一个最普通的人生。

但那又怎样，至少，我现在已经有了最普通的人生，能在七月十一日给父亲打一笔他眼里的“大钱”，能看到深夜里灯红酒绿的皇城根儿，能像一个普通人一样昂首阔步地走在路上被人喊一声不知真假的“靓女”。

眼前的苟且不可怕，因为我知道生活在一天一天变好。我也有自己的诗与远方作为闲时的消遣，余下的时间，我挤在早高峰的地铁上，认认真真地生活着。

富二代不炫富的时候，他们在干什么？

1

我上大学的时候，同班有一个很努力的贫困学生，从入学开始就一直说毕业以后想到一家跨国企业工作，整个大学也在为此而努力，考了雅思，练习口语，通过阅读职场札记，努力适应跨国企业的氛围。到了毕业的时候，突然有了一个选调生的机会，他又不顾一切地争取。考上之后便纠结在两者之间，最后，他选择了后者，却因为不是首选而埋怨不断。

他并不是不知道自己要什么，而是习惯性地想抓住任何有可能改变他命运的机会，这已经成为他的惯性思维，无法摆脱。

就像小的时候，遇到什么很难得的东西总是想着要多拿一点。芭比娃娃的裙子明明只能穿得下一条，却担心下一次妈妈不买，索性就一下子买了好几条，等到出了新款，又因为把这个月的零花钱都用完而没机会再选择。

而家境殷实的孩子，他们知道适可而止，因为不缺。从小面对太多五花八门的物质，只有选择，没有被选择，知道选择权掌控在自己手里。

穷人的恐慌来自于“明天可能就没有了”，而有钱人则没有这种恐慌。

在泰国自助餐上铲虾的事件发生后，把握着话语权的年轻人开始在网上谴责那些老而无为的前辈，他们爱占小便宜，在物质面前毫无气质，却从未去深究过那一代人的贪婪正是来源于曾经长时间的“缺乏”。

我们现在的条件比起上一代人来说，真是好太多。这主要源于大环境的富庶。

对穷人来说，贪婪是保障明天的手段。

现代社会在基础生计方面，满足了我们“不贪婪”的前提。其实也只不过是把贪婪的对象，提升了一个等级。坐拥天下自不必担心蝇头小利，因为不担心缺乏而适可而止，不会强迫自己“一口吃成胖子”。

2

年幼的时候，我因为父亲的工作关系认识了一个富二代小姑娘。

在小姑娘六岁的生日时，父亲送了她一座小岛。对，你没听错，在人生的第一个六年，在别的孩子还在训练熟练运用九九乘法表的时候，她已经收获了父亲赠予的一座小岛。

小姑娘的父亲很爽朗，执意要父亲带我过去。小孩才不顾什么雇佣关系，玩着玩着就热络起来。

我们屁颠屁颠地捡树叶作柴火，用泥土堆小房子，用花苞炒菜。她做妈妈，我做爸爸。

小姑娘让我坐下来“品尝”她的“美食”。地不平，屁股硌得难受。小姑娘想了想，把衣服脱下来，铺在地上。

过了一会儿，我父亲来了，一脸难掩的惊慌失措，赶紧抖抖衣服，查看有没有破损。那是一件国际名牌，在我们的观念里，算是当时的奢侈品。

小姑娘的父亲在我父亲身边，显得格外平静。女儿能为了别人坐得舒服，把名牌的衣服垫在屁股下，她的父亲肯定也没有特别强调过，甚至根本没将这事放在心上。

后来这小姑娘长大了，绝口不提家境，甚至有意回避着。一次，我看到她在微博上发了一张照片，背景是家里的花园。评论里，一个估计是她大学同学的姑娘问：“这是你家吗？看上去很大啊！”

小姑娘回了她一句：“在乡下的奶奶家呢！”

越穷越炫富，越炫富越穷。不把心思放在提升自己上，而是咬着牙买些根本用不起的奢侈品，这其实并不是在提升生活水平。

一个人穿着比基尼躺在一堆奢侈品上，甚至连空包装袋都要摆出来，看上去其实挺可怜的。他是曾经多穷，才这么热衷炫富？还是为了表达自己是从多么卑微的尘埃里，一步一跪走到今天？

如果把他们的事情告诉姑娘，我猜她可能都要问：“炫富是什么？为什么要炫富？”

“买得起”和“用得起”是两个概念。

在我的理解里，“买得起”的定义是在他的经济条件下可以承受这个负担。而“用得起”则是：这件东西对他而言，根本称不上负担，只是他的经济基数里的最小单位。

“用得起”的东西才是自己的，“买得起”的东西当然也需要，作为自己的鼓励。如果错把“买得起”当作“用得起”，那样的生活，太累了。

“用得起”的东西供应生活，“买得起”的东西激励生活，这才是最佳生活态度。

3

我认识的另一位姑娘，父亲做菜市场生意起家，后来生意做大，成为一些大型连锁店的供货商。她父亲每次都开玩笑地说自己是“土大款”。

她的女儿也秉承了父亲的“土”，不会化妆也不会穿衣，一条灰蓝色短裤可以度过一个夏天。麻秆似的身材，硬是穿出虎背熊腰的模样。

到了大学她突然开窍了，对形象管理十分上心。而她做的第一步就是请配色老师，用专业色卡确定了适合的服装颜色和发色。假期又报名参加了一个化妆班，授课的老师是一位资深的造型师，在演艺界算得上赫赫有名。

几个月后，她完全像是换了一个人。

我开玩笑说，她用了几个月就超出了其他人几年的功力。这话不是恭维，有时候我真的非常羡慕这种超强的行动力。

反观我身边一个家境一般的孩子，不知道从哪里拿到免费的小语种课件，但凡是免费的，都想学习。每个课件都蜻蜓点水地自学了一点，最后连门都没入，就因为激情消磨殆尽而放弃。

很多时候富二代们想多优秀就能多优秀，不是因为财力够，而是因为在他们的思维里，人是可以对自己进行先行投资的。

万事开头难，要想做一些什么事情，一定是入门阶段最为艰辛。而这种思维使得他们在入门时就舍得一掷千金，不去考虑后续发展和变现的问题，比一般人具备更强的行动力。

4

我身边有个女孩子比我更早开始做公众号，专注于打造个人品牌。她的家庭没那么显赫，但已经靠一己之力建立公司。

有一次我们探讨关于公众号接广告的问题。我说，现在有一些不太好的品牌来找我投放广告，不知道该不该接。她开玩笑地白了我一眼：“你又不缺钱，为什么要接这些烂广告？”

我被她问得愣住了，就算我不缺钱，我也希望自己的公众号被广告商青睐。

“你懂不懂放长线钓大鱼的道理？”她说，“那些大品牌从来都不会找这种什么乱七八糟广告都接的公众号投放广告的。”

“我的第一个广告，一定要是这几个品牌里的一个。”随后她列举了几个品牌，在我看来都高不可攀。

事实上，如她所料，她不久就接下了自己心仪的广告。

你不急功近利，就可以等到时机恰好，一举夺魁。

其实并非只有有钱人等得起，比如在公众号这件事情上，我也并非是等不起的人。只是在我的习惯性思维中，希望更早一点看到结果，而在她的思维里，一定要达到目的才可以罢手。

所以我现在也学着等待高质量的广告，期许着果实成熟。

不为了蝇头小利提前把花摘了，就有可能摘到成熟的果子。很多事情，你不要急，要等。

如果你把这篇文章的中心意思，理解成有钱的人一定比穷人更优秀，那就大错特错了。相反，如果要我写一篇普通家庭的孩子抑或是寒门出贵子，我也一样能长篇大论。

我只是觉得任何人的意淫都不能改变下面这个结论：任何一个群体，只要他不作奸犯科侵犯大众的道德底线，他们的性格特质中都会有值得学习的地方。

任何一个群体都不应该被贴标签，何况，关于富二代的生活，大多数人的认知只是取决于编剧的意淫。

再进一步说，甚至我不该用“群体”一言以蔽之，因为每个群体都是由多样化的个体组成。

我见过一些家境普通的人，却拥有文中的“富人思维”，观其身份，也是所属行业的佼佼者。

择人优而习之，借鉴一些“富人思维”，也未尝不可。

要像小兔子，敢拼命去爱狐狸

我认识阿龟的时候，她是个胆小的女孩子——就是那种放在人堆里都显得弱不禁风，遇到一点儿小事就崩溃的姑娘。

大三的某一天，阿龟告诉我们，她恋爱了。

阿龟是在学校的模拟面试上认识男友大齐的。那时候，阿龟被安排做观众，大齐在讲台上侃侃而谈。

阿龟说大齐家境很不好，从小就发誓要做人中龙凤，从山村小学一路读到了大城市的“211高校”。他喜欢所有竞争性的活动，是个优秀辩手，说话极其厉害。

后来我见到大齐，看他与阿龟交谈的神情，就大概能够想象到他在辩论赛中是多么咄咄逼人。

那段时间，“凤凰男”莫名开始从努力标杆变得臭名昭著。

大齐也是典型的一员，野心太过明显地写在脸上，注定是吃相难看，一时半会儿也学不会优雅。

那时候，我是个爱情实用学的拥护者，开始不停地向阿龟灌输着爱情阴谋论。

“你们两个太不一样了，你从来都过着什么都不缺的生活，你看他立志做销售，天天在外喝酒讲胡话，未来肯定是事业大过家。”

“我可以学啊！”

“你知不知道，这种男孩子内心往往很自卑，他不是很喜欢在我们面前炫耀吗？”

“这点倒是，其实我知道他不是炫耀，只是真的自卑，他都不敢牵我的手，”阿龟说，“可是没关系啊，如果我足够优秀，他最值得炫耀的就是我啊。”

阿龟原来不喜欢演讲和辩论，因为大齐，她研究了一番什么排兵布阵，一辩二辩分得门儿清。

阿龟去看大齐的比赛，从头听到尾。大齐没拿最佳辩手，一脸苦笑，她迎上去逐字逐句地分析，头头是道，以此表达“其实你不需要赢，我也觉得你说得很好”。

大齐外出喝酒，生意没谈成，醉醺醺地给阿龟打电话。

阿龟套上外套就去了，问他：“要不要再来喝两杯？”

大齐满脸惊愕，问阿龟什么时候学的喝酒。

阿龟轻描淡写：

“为了下次你不开心，可以找我出来喝酒啊。”

这个从来只在优胜劣汰的规则中长大的农村孩子，第一次流泪了。

后来大齐就真的有了些变化，没有了第一次我们见他时的压抑，脸上的神色轻松了许多。

有时候他会穿着休闲装出门，而不像以前那样，见谁都西装革履，生怕被人戳穿。

很久以前，我听李安的故事都嗤之以鼻，然后随口说一句：可那是因为他是李安啊，就像投股票，找一群人一半买涨一半买跌，总有人是赚的，他老婆不过是赚得盆满钵满的那一个。

遇到阿龟后，我幻想出了另一种可能。

可能李安在遇到他老婆之前，并不是李安。就像大齐遇到阿龟之前，也并不是大齐。

我们看到的是大齐的种种不好，阿龟看到的是，大齐愿意为她改变。

我们受了太多约定俗成的禁锢，什么“女追男，隔层纱”。

爱情本来就没有一定立规，如果你太自卑，那我就勇敢地向前迈。如果你害怕伤害，那我就先走一步。

我曾问阿龟：“如果他坚持不改变呢？”

“那我可能会放弃吧，如果跨一步也追不上一个人，就太累了。”

——这是我的试探，如果我努力走了好几步，你仍不回望，我也会头也不回地离开。

他原本根本就不想投入轻松的生活，那么她先妥协了一点点，而他立刻就服软了，这大概就是爱情。

如果爱情是在走钢丝，找到平衡点就赢了，那么谁先迈开腿又有什么关系呢?

那时候《疯狂动物城》正在上映。

我对阿龟说，你好像一只小兔子，爱上了一只怪狐狸。

她两手一摊，那怎么办啊，爱都爱上了。

爱上一只狐狸不可怕，我们谁也不能永远做兔子。

“你看，他好勇敢啊，好像我们。”

——对啊，好像你们。

你对自己是『宠爱』还是『宠溺』？

我有个朋友讲过她北上打拼的故事。她出生在偏僻的乡村里，小的时候奶奶就常用一句话数落她——“小姐的身子丫鬟的命”。

她心里有股执念，总觉得一个真正的公主，不能够面朝黄土背朝天。

朋友看多了村里姑娘们少时侍弄庄稼、长大后年纪轻轻就嫁人的命运，她不想成为和她们一样的人。

她曾在很长一段时间内以此为傲，觉得自己是靠着这股子想出人头地、做人中龙凤的冲劲儿，才能一路过关斩将地从小镇来到大城市。

刚开始，这确实是对的。

这种“我要活得像公主”的野心确实让她成为这个闭塞的小镇

里走得最远的人。

毕业后，她觉得自己受了太多苦，要以最凶狠的模式爱自己，理所应当地要在北京租最好的房，找最好的工作。

可是最现实的问题摆在她眼前——在北京这样的城市里，从来没有最好，只有更好。她将这个归结于工作不够好，连续跳槽几家单位，一次比一次更焦虑。

那时候，她面试上了一家公司。公司里同时录用了几个“985高校”的学生，其中有个白富美。报到那天正好下雨，白富美唰啦一下开了伞，伞柄上的名牌标签瞬间刺痛了她。

她什么都没有，带着个A货的包，别人投来的微微一笑，都让她觉得全身上下被人看透了一般的难堪。

白富美做事很利索，早晨来办公室做的第一件事情就是上开水间灌上第一壶开水。公司提供简单的早餐，白富美顺手帮熟识的同事拿好。平时观察到有谁的事情没有做完，如果能随手帮忙，她也主动接手去做。

团建活动的时候，白富美哼着歌儿，跟着一帮男同事忙前忙后。朋友还是像从前那样对于所有的粗重活退避三舍，心里却开始嫉妒白富美的融洽。

她没想到，来到大城市的第一泼冷水居然是来自一个真正的公主。

自从她清楚地发现有些人一出生就口含金钥匙之后，就下定决心要好好地宠爱自己。

可是在白富美的衬托下，她突然发现，自己的所作所为就好像女孩子炫耀男朋友的礼物。

学生时代，当周围的女孩子都收到巧克力，收玫瑰花的那位女同学似乎就有资格趾高气扬一阵子。等到年纪渐长，周围的人都开始收价值不菲的戒指，突然发现一束玫瑰花不过是求偶必备的俗物，不值得稀罕，便不再热衷于向他人展示。

现在朋友想起当年假模假式的努力，也觉得十分可笑。

看到了真正的天鹅之后才知道自己只不过是丑小鸭里最想成为天鹅的那一员，所以才拼命伪装，假装自己天生高贵。

现在越来越多的媒体，高举旗帜喊出“女人要爱自己”，“不宠爱自己，就别指望别人重视你”。

这些话当然在很大程度上都是正确的，但是人真的是特别容易产生自怜情绪的动物，特别容易被这些口号式的自我鼓励搅乱了头脑。

因为自己的每分努力都清楚明了，而别人的每一分努力却都隐藏在他的一帆风顺之下。这时候，对自己的宠爱往往会发展成一种自我安慰的“宠溺”。

的确，在这个世界上，除了你自己，谁也不能保护你。但真正的保护不是躲起来蒙住眼睛说“谁也不能伤害我”。十年隐于山练就斧钺不侵的本事，才能使人不可犯我。

娇贵早已不是公主的象征，连迪士尼动画片里那些曾等待着被王子拯救的公主形象，都慢慢转变为能客观审视自己并独立生活的正能量女王。

公主是身份，活得像公主才不容易。活出那一份纵情欢喜的骄傲，便拥有了最尊贵的皇冠。

真正的『得体』是不压抑的

我曾经是极其抗拒和厌恶“得体”这个词的。

大学的时候我为了多赚点零花钱，仗着自己有一张嘴的本事，经常主持一些校外的商业演出。

那时候我才刚刚学会蹬十二厘米的高跟鞋，又恰巧是在风狂而冷的沿海城市里，每走一步都像是在浪里踩高跷。

女孩子穿上礼服蹬上高跟鞋，就忍不住要给自己一个“今天必须要得体”的心理暗示。那时的我不知道从哪儿瞎听了一个故事，说某明星不到睡觉前一刻绝不卸妆。如果半夜友人来造访，即便只是开门递一件小东西，她都要马上从床上爬起来，先把妆容捯饬完整了，才会去见对方。

当然，这故事是不是真的，我无法考究。可它给我灌输了一个概念：得体是辛苦的、麻烦的、压抑的。

我暗暗地攒着劲，不停地给自己洗脑：同样姓林，凭什么我就不能有林青霞式的“得体”？

有一次主持，活动场地在一家商场的天井，早上、中午各彩排一轮，晚上正式主持。

同行的还有一位比较有经验的女主持人，她在彩排时要了把椅子，每次下台都坐在台侧，尽量避免踩着高跟鞋久站。

彩排和正式演出之间的时间被压缩得很短，那位姐姐来问我要不要买点煎饼果子。我明明很饿，却想一直保持着得体的状态，来了个欠身，做作地拒绝了。

看着姐姐坐在塑料靠背椅上啃煎饼果子的样子，我反而在心里冷笑：一点儿都不得体！

那天的出席人员名单也前所未有地多变。临出场前，各方拿来的出席名单都不太一样。

姐姐人间四月天一般的温柔面，瞬间就变了脸：“你们谁能告诉我，哪一份是定稿？！”

工作人员被她凶得马上打电话询问，最终敲定了人员名单。我在心里暗暗地算计着：要是我是工作人员，看见这凶巴巴的样子，哪还能奉她为女神？

到了正式演出时，我明着不敢抱怨，内心却暗自觉得辛苦——腿是酸的，肚子是饿的，冷风从耳边嗖嗖地过。

每次下场后，我都要跟搭档的男主持抱怨一句，内心已然成为一个祥林嫂，完全无法从这场演出中找到任何快感。

反观姐姐全程都保持着亢奋的状态，她热情地抛梗，当然也接到了台下更热烈的响应。

和她掌控全场的镇定自若相比，我因疲惫而愈加青涩的表现显得极不相称。

散场已经很晚了，我听到姐姐在舞台另一边打了个响指。

“Nice！结束了！”

她呼朋唤友地招呼大家同吃夜宵，而我除了抱怨再也没有力气做个happy ending。

这时候我才发现，其实我误解了得体，以为得体是一个结果。其实得体不仅是一个结果，更是一个过程。

得体之人，在事情发生之前会认真地未雨绸缪，为可能发生的结果做足一切的准备，力求避免出错的可能。事后积极善后，在回味过程中查漏补缺，以便下次做更万全的准备。

反而在验收结果时，他们会忘掉一切，纵情享受结果所带来的优与劣、丑与美。

得体不是一种永远不出丑的状态，而是在任何时候都可以享受自己的现状。哪怕是出丑也好，都将自己置于一个不尴尬、不忧愁的状态。

记得《爸爸去哪儿》里，夏克立的女儿夏天刚出场的时候身着一身公主裙，所有人都以为这是个娇滴滴的小公主。

可是在节目进行中，许多细节却让观众忍不住要夸她得体、有家教。

节目组把父亲和孩子锁在同一房间内。其他家庭有的沉默不语，有的想方设法要逃出房间。夏天刚开始也觉得有些乏味，但当她清楚地认识到不能离开这个房间之后，就与父亲玩起了游戏，享受着和父亲共度的时光。

节目组安排了一些在泥塘里进行的活动，小姑娘爱干净，起初不愿意。但慢慢地她也会尝试调整心情去接受它，无论体验如何，都能露出开心的笑脸。

得体不是任何时候都“假仙”，而是一直都能用最喜欢的状态去做最不喜欢的事——“当我决定要做一件事的时候，我就想办法让自己喜欢这件事”。

他们并没有特意去克制苦难，压抑着自己说出“这件事很痛苦，但是为了所谓得体，我要忍下来”，我们看到更多的是他们享受其中、乐在其中。

真正的得体是有弹性的，是不压抑的。

这样的人都足够聪明，能将任何苦难照单收下、甘之如饴。这反而决定了，再大的苦难也无法真正地伤害到他们。

2

我们要承认平凡，
但不要对平庸妥协

那些看似轻松成功的人，确实没有比你多做多少事。他们只是每天告诉自己“定时在储钱罐里投一枚金币”，就这么简单而已。

妈妈在成为妈妈之前，是什么样子？

1

我以前的公司，是允许同事带孩子来上班的。

所以每到学校放假时间，孩子们在走廊上蹦蹦跳跳成为常事。

记得有一次，有个小孩跑着跳着突然跌了一跤，被身边的一个老同事扶起来。老同事摸着他的脑袋，数落道："这劲头还真是和你爸爸当年一个样啊！"

那小孩正追着前面的孩子跑，膝盖上的土也没来得及拍，舌头一吐，就跑远了。

小孩的爸爸也是我们同科室的同事，一个极其老成持重的三十多岁壮汉。在我的印象里，他做事情很负责任，常常能看到他通宵达旦地留在单位赶工。

老同事回办公室的路上还不停地说："你看小陈的孩子，和他当初进公司时一个样，寸儿寸儿的。"

我进公司太晚，没有见过在成为父亲以前的"小陈"，也从未见过他有"寸儿寸儿"的模样。

我用大脑稍微地还原了一下，大概就是一个每天对生活充满意见的小伙子，不太乐于和乱糟糟的生活握手言和，总是一身反骨地面对人生。

那个对世界充满成见的年轻人去哪儿了？怎么变成了现在温润谦和的职场老人呢？

2

我们很少想过，妈妈在成为妈妈之前是什么样子，也很少想过，爸爸在成为爸爸之前是什么样子。

从前，我以为我妈特别胆大，什么都不怕。

我特别怕蟑螂，每次有蟑螂出没，我都孬种似的在房间里呼唤我妈。

每每这时候，我妈都火速前来增援，拿着个拖鞋板子进来，左顾右盼，大喊着："在哪儿呢？在哪儿呢？"

结果，前些日子，台风天，纱窗开了个小缝儿，飞进来一只蝙蝠。

那是我第一次认真看到这样的画面：她拿着苍蝇拍，一边瞎嚷嚷着，扭过头不敢看；一边无目的地手乱挥着，吓得那只可怜的蝙蝠也跟着慌不择路地乱飞。

我实在看不过去，就接过拍子：“你还是把拍子给我吧，我本来就不怕蝙蝠。”

我看她一个人一声不吭地躲在电脑旁边，又好笑又有点心酸。

我记起翻妈妈小时候的相册，一个稚气未脱的精致小姑娘，扎着头花，抱着洋娃娃坐在小木马上。

翻了几页，照片里的姑娘再大一些了，就变作一个穿长裙的少女，站在海岸边，纤细又幼嫩。

那个怕黑又怕鬼的小女人，在所爱的人最脆弱的时候，变得极其强大。

3

《我们仨》里面有一段情节。

杨绛和钱锺书一起处理虾，刚开始杨绛还假装勇猛地说：“不就是虾吗？我懂的，要剪掉须须和脚。”

结果她刚剪了一刀，虾子就抽动起来，她吓得扔下剪子，扔下虾，逃出厨房。

后来，女儿和丈夫先后离她而去。钱锺书走的时候，这个连虾都不敢剪的女人，附到爱人耳边对他说：“你放心，有我哪！”

女人本弱，为女、为妻、为母则刚。

杨绛说：“媒体说我内心沉稳和强大。其实，锺书逃走了，我也想逃走，但是逃到哪里去呢？我压根儿不能逃，得留在人世间，打扫现场，尽我应尽的责任。”

并不是她不再害怕了，而是有了更弱小、更需要保护的人，她遏制了自己的恐惧。

有的时候我们不再恐惧，不是因为恐惧本身减弱了，而是因为我们有了“必须不去恐惧”的理由。

过去我看到母亲年轻时的照片，总是在感慨岁月荏苒。

“真是可惜，她就这样妥协于每个人必须服从的命运。”

那时，我在心里说着。

为人父母，在曾经的我看来，大概是天下最不幸的事了。

一想到一个个美艳灵动的少女，本该和闺密一起喝着甜蜜的下午茶。转眼间有了孩子，抱着他每天围在灶台边走来走去，柴米油盐的话题占据了生活的全部，为人母的一群女人，像鸭子似的聒噪个没完。

但其实为人父母还有另一种含义，是他开始变得勇敢或者温和，开始接受以前不能接受的事情，开始因为被人依赖而咬咬牙努力下去。

4

妈妈是在我们出生之后才成为的妈妈。

那个明眸善睐的少女一定在你出生伊始，对着襁褓里嗷嗷待哺的你，说着“谢谢你做我的孩子，那些曾经令我害怕过的东西，我不会再让你碰到”。

爸爸是在我们出生之后才成为的爸爸。

那个叱咤风云的男孩一定在你出生伊始，对着襁褓里嗷嗷待哺的你，说着“从今往后，想给你一个安定的家庭，想给你安稳快乐的童年”。

你我的父母都如是，而我们中间的大多数人，也终将会成为如他们一样的人。

与不高兴的人相处是一种内耗

傅园慧火了，这位1996年出生的姑娘，在里约奥运会女子100米仰泳决赛中获得铜牌。

但令她突然火爆的原因并非因为取得奖牌，而是她可爱丰富的表情形体和独特的采访回答。

听闻自己的成绩后，她说：“58秒95？我以为是59秒，我游这么快？我很满意。”

记者问她今天这个状态是否有所保留，她说：“没有保留，我已经用了洪荒之力了。”

记者问她是否对明天的决赛充满希望，她说：“没有，我已经很满足了。”

在我关注她的微博时，她的微博粉丝不到60万，到写这篇文章的时候已经502万了。

我这才知道，大家都看够了无数压抑着的不高兴的脸，满面红光原来这么好看。

我们是多么喜欢傅园慧，那副“元气少女”的模样让每个人都由衷地快乐。

可是生活中偏偏有一些人恰恰相反，总能在寻常的事情里找到不高兴的源头。

作者群里有位作者，每次有人把文章发到群内，一旦意见相左，他都要出来驳斥。

按理说，“以文互驳”是文人雅兴，私下议论或是有理有据都欢迎。

但他既没有任何真凭实据，却几次出言不逊，不允许任何人进行辩驳。美其名曰“说真话、耿直”，其实全程都在表达一种“我不认可，所以我不高兴，所以你不应该这样做”层层递进的强盗逻辑。

他永远站在别人的反面，大家说什么好，他就偏要在其中搅一搅。

无论是什么内容，他总能找到理由，在无关紧要的地方挑刺。

而且不是“暗着挑”，而是“明着挑”。就为了看大家也变得鸡飞狗跳，和他一样不高兴。

我有个熟识的亲戚，也是这样的人。

我考上大学，大家纷纷祝贺。她在一旁说："不就是考了一个好大学吗？还不知道未来能不能找个好工作呢？"

后来我出了书，她说："不就是出了书吗，还不知道能不能卖出去呢。"

"不就是……"和"还不知道……"这两个句式被她运用得炉火纯青，无论什么语境下都能完美地套用。

"她闺女不就是三十岁做了董事长吗？还不知道未来能不能嫁得出去？"

"不就是自驾去了一趟西藏吗？还不知道穷游背后都有什么见不得人的勾当？"

"不就是找了个好老公吗？还不知道背后有什么坏本事呢。"

当我还是个小孩子的时候，她每次说完，我都会下意识地反省自己哪里做得不好，是不是应该改正。

但这样的次数多了之后，我就不禁问自己：她告诉我这些，到底是希望我好，还是单纯想表达她的不高兴？

我曾经提出，希望她别总往不好的方向想。

"我这不是为你好，帮你培养些危机意识嘛！"她如是说。

在这种环境里，连她自己的女儿也不能幸免。小姑娘今年高考，她先是郁郁寡欢地愁了一阵子；后来知道考上了，同样是一脸愁容，忧心忡忡地问我："这个专业毕业找不到好工作怎么办啊？"

言谈中，总感到她活得很辛苦，被生活苦苦绑架着。**可是细究**

起来，又好像没有什么大不了的事儿。

我只好尽量减少与她的接触，因为每次接触，她总要谈及一些负面因素，搞得我心惶然。

这样的人我们还见得少吗？所以但凡看到一个快乐些的傅姑娘，我们忍不住扑过去，希望她成为现实中的同路人。

在这件事情上，我妈算是典范了。

小时候参加比赛，每一场结束了，一家人都没心没肺地大吃一顿。

后来我长大后说起这件事，我妈才说："拿最后一名把你得意的！"

拿最后一名？我一直还以为自己拿了第一名呢！

有段时间，家里的经济吃紧。我妈用旧衣服缝了茶几罩、桌布、电视机套，然后又去布店里扯三毛钱的蕾丝，把房间布置得充满少女样的气息，然后故作神秘地跟我说："这些街上都买不到的。"

我也傻乐傻乐地隔天就把同学往家里带，还严肃地告诉人家："你别摸坏了，有钱你也买不到。"

心思恪纯的同学，就真的全程小心翼翼地摩挲着桌布，临走时还带着羡慕的眼神。

跟着这样一个乐观豁达的母亲，我也慢慢地长成了一个乐天派。

我曾经半夜从外地回来，找不到宾馆。本来想着去肯德基待一晚，没料到，半夜和流浪汉一起被赶出来，说是要做消毒。我被迫和这个午夜的城市兴奋，胆战心惊里却带着点余兴未消。我开始睡眼惺忪地和好久没见的朋友煲电话粥，最后莫名其妙地到工棚里跟民工兄弟们打起了牌，又去保安亭睡了一觉，过了一个特别美好的夜晚。

人是有“视野”这么一说的，跟着一个不高兴的人，就像一种内耗，永远只能看到不好的风景。

有时你差点就能忽略而过，而他还要故意给你指出来。

对生活充满敌意的人，要离他远一点，说不定哪一天生活开始用同样恶意的方式回报他，别被误伤了。

每个对生活龇牙咧嘴、凶神恶煞的人，在他身边生活的人也容易愁眉苦脸。

有的人拿着十块钱，心里像住着个十亿的富翁。有些人就算坐着，天上往下掉钞票，都羡慕着乞丐拥有自由的快乐。

我相信，每一个厚待生活的人，终有一天会得到生活善意的款待，就算没有，他也会有丰沛美满的内心。

他可能不那么优秀，但和他在一起比任何人都快乐。当他坐在路边给人鼓掌的时候，比任何主角还要开心。

而他站在舞台上的时候，也会毫不嫉妒，一脸真诚地邀请你共演。

周遭的一切再狼狈，仍能在他眼里看见喜悦、热爱与赤忱。

而不高兴的人就像一种内耗，渐渐把你的喜悦榨干。

比起优秀，乐观是和他人的相处中，更应该看重的无形价值。

宽恕是单方面的事，与加害者无关

2016年8月26日，甘肃白银连环杀人案终于侦破。

按照“国际惯例”，媒体要追本溯源，探寻作案者冷静地潜伏了二十八年，究竟是一种怎样的生活态度。

然而，一篇记者的新闻稿却把这件事推向前所未有的高潮。这位记者前往甘肃白银连环强奸杀人案嫌疑人高承勇的老家，采访了高的几位本家亲戚后，发回的报道居然是从孝顺、老实、爱读书、孩子成绩好、夫妻感情好这些视角来解读这个变态杀人恶魔的。

言语之间，能感受到记者在极力挖掘他的人性闪光点，专注于他杀人与社会不公之间的关系。这篇报道甚至让人感觉，似乎作案者就没有缺点。

很多人表达了对这篇新闻稿的不快。

案件被侦破后，记者采访了几位受害者的家属。有的人一辈子活在内疚中无法解脱，还有些人努力告别过去，却发现忘记是如此艰难……

其中一个八岁女孩的母亲，等了快二十年，终于等到了这一天。她说至今还能记得那么优秀的女儿，冰冷的身体一动不动蜷在自家衣柜里的模样。

还有一户人家，是嫂子好心把小姑子介绍进了单位。小姑子在单位宿舍出事之后，嫂子心里的那个疙瘩迟迟未解，带着歉疚活了二十多年。

另外几个家庭，也都各自背负着自己的故事。

而那些报道利用群体的善意，打着宽恕的旗号，占领道德的制高点，其实是一种群体冷暴力，是对受害人的二次伤害。

关于宽恕，我再说一个自己身边的故事吧。

我认识的一个姑娘，和她的男朋友相识于大一，到了大四恋爱渐趋稳定的时候，男方突然消失了一个多月，女孩问遍了男方的朋友也不知道他去了哪里。

再见面，男方二话不说就提了分手，并主动坦白自己在外地已经有了女朋友。她心灰意冷，毕业后放弃了原本实习的伤心地，自己回老家温州做生意，倒意外地做得挺成功。

几年后的同学会上，两人同桌，相看无言。男方有些想要复合的意思，于是朋友们都想撮合他们重温旧情，大家起哄“时过境迁，和好吧！那年大家都是小孩子，都不懂事”。

坐在他们中间的朋友硬要把位置挪开，让他们坐到一块儿，前来劝酒的朋友也非要两个人连在一起敬，有人还别有用心地讲起了他们当年恋爱的故事。

姑娘正色道：“你们再这样下去，管他什么面子，我都非走不可！”

大家反而众口一词地责怪起姑娘：“做人别那么小气嘛，陈年旧事了，就大方点不计前嫌嘛！”

姑娘委屈得大哭，发誓永远不和这群人玩在一起了。**这样随便地以“为你好”为理由，绑架他人的意愿求得原谅，太恶心了**。

那姑娘谈起这件事时对我说：

“我不想恨他，但我永远也没办法宽恕他。”

“你知道吗？分手的时候，我是真真正正地想到过死。他让我对未来灰心过，对身边的人怀疑过。而我本可以不在那个年龄去思考那么复杂的问题。”

——**因为你犯了错，所以我必须花很长时间去原谅自己的遇人不淑**。**原谅有两层含义，一个是原谅你，一个是原谅我自己**。**后者，我好不容易才做到；前者，我永远做不到**。

无论他是少年时的狂躁不智，还是一时冲动下的失去理智，无论他有没有真心悔改过或是曾打算补偿，他造成的伤害都是实实在在的。**这些伤害就好像钉在木板上的钉子，一颗一颗嵌得太深，任时光流转，任你把理由说得天花乱坠，都不可能被抚平**。

好了的伤疤能不能忘得了疼，主要看那伤痕有多深，外人怎么能明了？

局外人总觉得谅解很容易，宽容很简单。

宋慧乔演过一部电影，叫作《今天》。

女主角多慧，未婚夫被人二次碾压后死亡，本来拥有的幸福生活一夜间成了泡影。

在社会舆论的大环境下，她选择了原谅和宽恕，为凶手递交了请愿书，使凶手免于刑事责任，重新回归社会。她甚至开始拍摄纪录片，记录那些曾经原谅凶手的受害人家属，号召更多人加入到原谅和宽恕的队伍当中。

此时，一个饱受父亲家庭暴力之苦，却天天被劝告“毕竟他们是你的父母”的少女反驳她：**原谅本是发自内心的自觉性行为，周围的人凭什么逼着让人原谅凶手？**

为了验证自己宽恕的正确，多慧偷偷地去了解了凶手的现状，以证明自己行为的正确性，却发现凶手因为杀害自己的同学而再次锒铛入狱。

是不是很可笑，所谓宽恕，不过只是皇帝的新衣，自欺欺人而已。

人们对于加害者的偏袒并没有使凶手认识到自己的罪行，反而成了凶手逃避罪行的借口。

善者要想自保，不能用“原谅”，而是通过不原谅，遏制对方

再次犯错。

受害者自己可以说，不要把怨恨当作自己生活的重点。

受害者自己可以说，我理解加害者曾忍受过的不公待遇。

但这些话只能轮到受害者说，围观群众不应该因为支持这种善意，而去控制舆论的导向。

《今天》里有一段台词：**本该开刀动手术的伤口贴上创可贴，伤口表面上看不出来，里面只会腐烂生蛆，给整个躯体造成巨大的伤害，最后坏死或截肢**。**从心理角度来说，就会有严重的心理创伤，极有可能引起更严重的心理疾病，一生无法痊愈**。

宽恕是单方面的事，与加害者无关，与围观群众更无关。

当我们急于否定“恶”的存在时，才是真正地丢掉了“善”。

做错的人主动脱裤子挨打，周围的人不帮他找借口，才是世界对好人最大的善意。

不喜欢示弱的姑娘，是不是永远得不到爱情？

1

几个月前我和小邱起了争执，争执的内容是关于他的女朋友柚子。

我和小邱是因为柚子认识的。柚子是我的大学同学，本身长得并不小巧，一米七几的大个子，站在我身边从背后看过去，就好像我的男朋友。

她也习惯了这样子给自己定位，之后干脆剪了短头发，戴个棒球帽，享受着这种别人夸她“雌雄莫辨”的感觉。

在一群朋友中，她最活泼，别人讲的段子，她总是不由分说地往自己身上揽。柚子从来不介意别人调侃她的孔武有力，每次说起来还是一副引以为傲的样子。

她的宿舍是715，她是舍长，就自诩为715女霸王。每天教失恋后哭哭啼啼的姑娘谈恋爱，帮隔壁床文文弱弱的小姑娘搬行李，帮翘课的其他五个舍友报“到”。

715室的柚子，无所不能。

我一直以为这样无所不能的姑娘，面对爱情，应该是手到擒来。

2

而小邱的吐槽也一点都不拐弯抹角：“感觉她一点都不需要我。”

“下雨的时候，宁可就近买把伞撑回家，也不愿意打电话叫我送伞；生病的时候，宁可自己下楼买个药，也不愿意打电话让我嘘寒问暖，都是等她病好了我才知道。”

“大半夜从机场回来，长乐机场离福州有快一个小时的车程，自己赶最后一班的机场巴士回家，也不打电话让我去接；旅行之前把地图都找好，要去的地点的车票都买好，规划得齐齐整整，连我插手的余地都没有。”

“可能是太习惯自己一个人的状态了吧？”我做了个苍白无力的解读。

小邱白了我一眼：“可是，我找个女朋友就是为了让她无条件地依靠我、信赖我，和我无话不谈，让我摊开手来保护的啊！**如果她什么都不让我插手，我和别人又有什么差别呢？**”

小邱问我。

3

我想我是理解柚子的。独立久了，所有的困难就会从病理状态变成一种习惯的生理状态。

为女子者弱，独立久了，却变得不会示弱。

记得高中的时候，我一个人搬出去住，学会了自己交水电费、吃快餐。第一次生病时惊慌失措，第二次就能轻车熟路地到药店里买药，自己把自己哄躺下，闷着被子乖乖睡着，第二天发着高烧正常上课。

放学的时候，暗恋的男孩摸了一下我的头，说："明明没发烧啊，就是正常的体温吧！"

天知道，那时候我发烧到38.5℃，脑仁都快要疼炸开了。

我真的好委屈啊，那一刻我真的好想问自己，我生起病来为什么不能看起来病恹恹的呢？要是能学会电视剧里女主角的那一招"平地摔倒"或者"随时晕"的功夫该多好。

可是就好像柚子一样，嘴上还要说着"没事啊，我还好"。

因为不甘示弱，所以错过了和喜欢的人多谈几句的机会。

退一万步说，即便那时候他也喜欢我，也一定会这样掐灭自己的情感萌芽：如果她喜欢我，怎么不接受我的保护呢？！

单身久了，独立时间长了，就不知道怎么样被人呵护和宠爱，被爱的那一刹那就会下意识地弹开。

4

电视剧里经常有这样的情节：二女夺一男，一个柔弱可人，一个独立坚韧。

我们通常都觉得独立坚韧的那一个充满个人魅力，可男主角往往选择了柔弱可人的那一个。

——**对不起，你太独立了，独立到我觉得你根本不需要我**。可她不行，她没有了我根本无法呼吸。她哭了的时候，谁来给她擦眼泪呢？她遇到难题了，谁来帮她解答呢？她被欺负的时候，谁来为她打抱不平呢？这些事情你都可以自己完成，而她呢，遇到问题的时候，她该向谁求助呢？

我知道呀好姑娘，这时候，你想说“其实我和她一样在乎你呀”，可是说到嘴边就变成了“随你便，爱走就走吧”。

你借酒浇愁的时候，可能永远也不知道，这段爱情其实是你自己拱手让人的。

都说女人是缺乏安全感的动物，其实男人也在感情中寻找着被依赖、被倚靠、被信赖的安全感。

爱情对于男人，是即便手无寸铁，也在心里准备着造好金屋把你藏起来，锦衣玉食把你供起来，鞍前马后把你伺候好。

一个人独来独往太久，面对被爱的保护会惊慌再正常不过。

但这兵荒马乱的世界上有这么多人，遇到他已经太不容易。**愿你在风里雨里打湿了羽毛，还有人会捧在手心里细细擦拭**。

我从来不劝女孩做懦弱的女孩。

可是懂得示弱，不是一种懦弱，而是一种勇敢。勇敢地去接受所爱的人宠爱，勇敢地去爱一个人。

我相信这么勇敢的你，一定能做到。

失去女儿之后，她为女儿留住了喜欢的味道

1

台湾作者忽忽，本名林岱维，母亲周碧莲年轻时经营的人山餐厅，曾风光一时，在台湾的名流老饕间口耳相传，餐厅生意好到爆。

少女忽忽是在人山餐厅闻着母亲的菜香长大的。在网络上追念人山餐厅的菜香和人情变故受到关注后，和妈妈联手创办网络宅配美食“忽忽味”，当时受到了食客的青睐。

忽忽爱猫。在淡水住了十年，她和街头小巷的流浪猫们建立起了情感。不仅陆续收养了八只猫，还因为担心那些街猫饿肚子，天天带着食物大街小巷寻猫喂猫。

有时候她会告诉妈妈，自己又救了一只街猫，手术费就要一万块。

妈妈嗔怪她管太多，她还反过来笑妈妈，说妈妈是在吃流浪猫的醋。

其实妈妈哪里是“争宠”。女人做了母亲后，无论原先是多么大度慷慨都变得小气起来，巴不得全世界都对女儿好，女儿不用付出一丝一毫，便能坐享其成。

2

忽忽每天都从淡水河边到渡船口，再到榕堤后的停车场周边荒草地，提着猫罐、猫干粮还有饮水，走到每一个喂食点，轻声呼唤那些她熟如家人的猫咪：马杀鸡、马二、马三尖、马小三……

这样的喂猫仪式，每天都要进行，却在2009年戛然而止——忽忽在喂食街猫的途中，不慎被车撞倒意外身亡。

忽忽离开以后，有人在淡水河畔为她塑像，让她和生前最爱的流浪猫们一起，成为淡水的风景之一。

痛失爱女，忽忽妈精神恍惚，经历了吃错药送医急救、洗胃，生活陷入困境。

她在梦里看到女儿的形容，依然如此清晰灵动，可是却成了手中再也握不住的微尘。

为了记住女儿，妈妈重起炉灶。

她的菜色并不新颖漂亮，却都是按着女儿喜欢的口味来做。

每当灶台飘香，烟气氤氲中，仿佛就能看到女儿。童年的忽忽

在餐厅乱跑，倏地一下子蹿了个子，变成了少女忽忽，亭亭玉立地坐在餐厅里，目光流转，双目含羞。

3

想念一个人最好的办法，永远是现在的你过得很好。能自己给自己盖好被子，能给自己做一顿好菜，就好像他还在你身边一样。

他这么爱你，你过得不好，他怎么能放心得下?

有人说，忽忽走后七年，这对母女用文字和菜香交换对彼此不渝的爱，纵然死亡都不能阻隔，忽忽味就是最好的见证。

忽忽妈说："我爱做菜，因为食物里有爱。"

长的是人生，短的是聚首。

一对阴阳相隔的母女，透过桌上的食物对话，等待着重逢的那一天。

一生热爱写作的忽忽曾在书中写道：

母亲是我能够写作的一个重要的理由。她教养我的方式一直充满了诙谐与爱意，在我青少年的时候，家里的大门是从来不锁的；因为母亲要我知道，我永远有家可回。后来母亲渐渐明白了她的女儿只对孤独这件事有兴趣，身为母亲她当然着急啦，但她却没有一般母亲的那种控制欲，她永远尊重我的选择，支持我的决定。从小，母亲就给了我追逐自由的权利，直到这两年我才知道，那是她小时候极度缺乏的；母亲用她半生的痛苦，成就了我这一生孤独的自由。

爱你，所以懂得用你喜欢的方式来爱你、纪念你。

好想你啊，所以你曾说过喜欢我去做的事情，我都要一件一件地完成。等到一个命中注定要重逢的时刻，我们在天上相遇。

如果你也有想念的人，你要如何记得她？

我把自己剩下来，是为了遇见对的人

1

舒淇嫁了，对象是那个她自己否认过无数次的冯德伦。

最让我感触的，是舒淇通过经纪人说的一段话：婚纱是H&M前两年送我的，头纱是一家婚纱店随意挑的，他的西装跟我的粉红色小洋装是临拍照前两天才让Silver街边买的，照片是林炳存大师一星期前接到指令推开所有工作飞来布拉格拍摄的，还指定要自然风，只带反光板而已。

见过那么多灯红酒绿，在茫茫人海里遇见你，简简单单即是荣幸。

2

舒淇在演《剩者为王》的时候，有一句台词：

就像一个自由落体的皮球，是无法靠自身的努力来改变下坠趋势的，唯有等待外力的出现，那冥冥中的、欣欣然的一双掌心。

只可惜，前几次，她没有等到冥冥中的、欣欣然的那双掌心。有好几次，她都握错了那个人的手。

拍摄《玻璃之城》时，她与黎明假戏真做，七年时间，她默默无闻地陪在黎明身边。

黎明不娶她，一遍一遍地对媒体澄清着“我和舒淇只是普通朋友”。另一边，男方的粉丝的羞辱加之黎父的反对，声声刺耳。而最爱的人，却听任她在枪林弹雨里做着靶子，一次又一次地沉默着。

如果说黎明是旧爱，更绕不开的是张震。曾经有一次录制《康熙来了》，舒淇谈到动情处，含笑着说，如果张震愿意追她，她一定会答应。

他们甚至约定，到了三十五岁，如果双方都未找到归宿，那就在一起。

这话，于舒淇，或许是心存侥幸的承诺，于张震，却只是挂在嘴边过眼云烟一般的玩笑话。2013年，张震娶了他的助理，舒淇接到了新娘捧花。“我接到了我最爱的人的婚礼捧花”，这剧情太过于心酸。他在婚礼上，祝她幸福，而她全然感受不到。

3

我特别想知道，有没有人统计过，一个人平均要错过多少人才能遇到对的人？有人遇人恰好，花样年华逢知己一人，白头偕老，永结同心。而有人总是痴心错付，如当年的舒淇，如许多痴痴在等待的姑娘。也许在错误的爱情里兜兜转转了几个轮回，然后开始对爱情避之千里，不敢信，不愿信；也许一直怀抱“愿得一人心，白首不分离”的期待，却遇不上那个想要相守终生的人。

别人都劝你，傻姑娘，赶紧去抓一根应急稻草。好像过了这个村就没这个店了；质疑你“何必在情感上太洁癖”，婚姻大过爱情，两个人搭伙过日子，挑一个看得顺眼的、处得顺心的，差不多就行了。

于是，你自己也逐渐开始怀疑，理想中的爱情是不是只能在特定的年岁发生。**过了时辰，如同别人所说的，都只是乍见之欢加久处不厌的运气成就的一份姻缘，掺杂了实际的考量与家庭的柴米油盐，终究少了一份荡气回肠的悸动与热血**。那些看似写实的电视剧里，大龄单身女青年在世俗里称王称霸，拥有漂亮的脸蛋儿和火辣的身材，赚着高薪喊着“单身万岁”，吸引来楚楚动人的少年郎。可是现实中哪有这么多好命的人？

我们之中的大多数，每天在办公楼的小格子里拼死拼活地做业绩，下雨的时候自己撑伞回家，周末扛着大米回家，煲多了的汤只能自己喝掉。买了第二杯半价的饮料都存在冰箱里，等着第二天再喝。

只有在深夜的时候，特别想爱一个人。**肆无忌惮，就像少年时**

候那样，情难自已，万死不辞。

可是到了某个年纪，再遇到的男人，都已经经历过懵懂的初恋，经历过呕心沥血的深爱，体验过一夜心动，也体验过久伴深情，眉梢眼角之间早已失去了非卿不可的热情。

因为害怕再次受伤，想要抓住，却怕再次竹篮打水。想像关手机一样把自己的感情关掉，又怕关了之后那个合适的人出现，却接收不到信号。

嘴上说着不相信爱情，还是对爱情有所期待吧？

4

其实，我多想告诉姑娘们，不要怕。

2016年6月，舒淇在脸书上晒出她与绯闻男友冯德伦的合照，两人在海边脸贴脸，相当甜蜜。

当时，她的经纪人管小姐表示，舒淇跟冯德伦就只是单纯地吃饭，他们只是好朋友。

追溯到早些时候，冯德伦与舒淇初始，早已经是二十多年前的事情。而那时冯德伦爱上了莫文蔚，而舒淇选择了黎明。

错过太多次，在爱里谨小慎微，再也没有爱到差点呼吸衰竭的冲动。但为想要遇见对的人，在压力下把自己剩下来的你，真的很勇敢。

发现自己失去了爱的能力，不要怕。兜兜转转成了吃回头草的老马，也很好。

这也许是最好的时机，时间洗掉了所有的沙砾，过滤了所有不对的人，让另一个人成为你的命中注定。

在爱情的世界中，遇见的时间最重要，没有早一步，没有晚一步。错过别人的时间，是为了在最后遇到一个值得爱的人。

我很喜欢舒淇的电影《剩者为王》。她在电影里演的盛如曦是个标准剩女，人称“剩小姐”。她说：“爱情一直是我坚持的原则，我为什么要妥协啊！”

“我总以为需要付出自己的百倍千倍努力的，应该是事业，是对疾病的抗争，是对家族存续的维护，而爱情这种东西，原本也不应当通过努力的途径来获得，它应该早就在那儿了，它也势必会在那儿。”

对啊，爱情它应该早就在那儿了，它也势必会在那儿。不结婚，本身并没有错啊，想要跟爱的人结婚，又有什么错呢?

还记得金士杰老先生那段经典的台词：她不应该为了父母结婚，不应该在外面听到什么风言风语听多了就想着要结婚。**她应该想着跟自己喜欢的人，白头偕老地结婚，昂首挺胸地，特别硬气地，憧憬着，好像赢了一样**。

我把自己剩下来，是为了遇见对的人。但愿有一天你会说：我找到了，就是这个人，我非他不嫁。

老人有多害怕寂寞？

昨天临出门前，外公突然问我，囡囡啊，我去世了怎么办。

我赶紧“呸呸呸”了三声，数落他年纪大了，总爱乱想。

外公叹了口气说，你外婆昨天晚上在屋子里哭呢，怎么都哄不好。要是我走了，你们能不能陪她讲讲话？

我之前在其他的文章里写过，外公是特别怕谈到“去世”这个词的。这次意外地谈到这个词，一定是思索良久的决定。

他还像四五十年前一样，担心着他的小公主。

我外婆从来都认为自己是全世界最正确的人。在我们家，她是一把手，说一不二：洗完的竹筷子沥干水，一定要尖头朝上竖着插，谁要是插反了就过来“打手板”；干净的瓷碗要底朝天地放进碗柜，谁要不小心让碗开口朝上了，她就把人从房间里揪出来，摆好为止。

外公是个大学生，外婆是贫下中农。他们的爱情是时势造英雄，资本家被无产阶级完美制服的故事。外公被外婆驯得服服帖帖，不敢二话。

到了晚年，她看上去过得格外舒服惬意，偶尔在阳台上种种花摘摘果子。年前种的草莓开了花，她自己扎了两个小纸人，插在草莓花两边，心疼得不行；养了一只毛发秃秃的鸟，关在笼子里，每天拿着苹果皮和它逗趣，训练它跳环儿。这鸟也是倔强，说不跳就不跳，让她好不失落。

上大学时放假回家，总有那么几个同学聚会。常常是外婆做好了午饭，我才接到电话要出门，就草草地跟她说要出去。她每次都习惯性地回应着：“翅膀硬了都出去飞了，飞吧！飞吧！”看上去，虽然是嗔怪的口气，却满不在意的样子。

她看谁谁谁去世时大操大办，就嘟噜着嘴评论一番：“都成一抔黄土了，还整这一出做甚？”

外公喜欢热闹，即使老了还是天天往外面跑。今天去参加他的同学聚会，明天哪个同事的孩子结婚，他也要去凑个热闹。自己在外面报了夕阳红旅行团，挥着小旗子，戴着小红帽，跟在导游后面像刚上学的小学生，一路上晕得七荤八素也在所不惜。

每次我去旅行回来，外公都要事无巨细地问行程、看照片，对外面的新世界充满好奇。外婆则是毫无兴趣，该炒菜时炒菜，该拖地时拖地。

外公参加单位的退休老人合唱团，借了一套大号西装，扎着个小红领结上台表演。看着他滑稽的扮相，外婆就讪讪地取笑他，一个糟老头子天天在外跑着，这种活动叫我去我都不去。外面世界再好，都没有自己家好。

在我们看来，外婆似乎很享受这清静安生的日子，像极了一个修佛的老尼姑。她对外面的世界并不感兴趣，只想守着自己那一方小天地。

这世界上总是爱哭的孩子有糖吃。社会开始呼吁家长要对不爱哭的小孩多一点重视，却从没呼吁过儿女来重视不爱哭的老人。

他们曾经成熟过，更懂得如何伪装和隐藏情绪。他们羞于表达自己的寂寞，显得如此老谋深算。

外公是闹腾的寂寞，迫切地想知道外面的世界。外婆是安静的寂寞，就像拿不到糖却不哭不闹的乖孩子。

他们都寂寞，而我们不知道。

对于我们来说，钱似乎可以买到一切，可以买到深夜十二点的午夜电影场次，可以买到深夜里的推杯换盏，可以买到寂寞时的夜夜笙歌，买到网络女主播的软语安慰。

我们可以用钱填补寂寞，我们没有老去过，所以也只能暗下揣测，老人们也可以。

妈妈说，在她小时候，外公总去上海出差，随手就带回一罐糖。那时他还是二十几岁的小伙子，会偷偷把糖罐子藏在角落里，和年幼的妈妈抢着吃。

爱吃糖的年轻人老了，变成了秃头的老头儿，还是爱吃糖啊。

就像人类害怕寂寞的天性，无论我们多么不屑诉说，却还是灰溜溜地钻进深夜无人的被窝里。

在外几年，我越来越不喜欢每年春节那些关于“常回家看看”的论调，心里头总辩驳着“也不是我有家不想回呀，是因为形势所迫，因为家乡没有好的机会，因为和家乡人的圈子格格不入”。

我们扪心自问，我们到底是不是真的迫于无奈无法回家？被迫无法亲近？

大概不是的。

我们给小城市标上“工作清闲”“日子舒服”“吃老本”的标签，强调自己在大城市里夜深人静时的痛哭流涕，却忘了在小城市里的老人，也熬过了多少无人对语的寂寞午夜。

我们真的有好多理由来反驳这些“常回家看看”的破建议。

包括我自己，能做的都只是发现他们的寂寞，却不能去解读或打破他们的寂寞。

只是，我不再寄望于那只怎么也学不会跳环的秃毛鸟、那如何悉心保护依然被鸟吃掉的草莓。我开始意识到，只有我们才能真正地打破这种寂寞。

你不是缺乏目标，而是放弃了原则

前几天，同科室的女同事讲了个发生在她身上的笑话。

年初的时候，我们这个“大龄少女团”雄赳赳气昂昂地团购了健身卡。她随即把微信名改成了“不瘦十斤不改名”。

有次她拦了个出租车，手里正好没有零钱，改用微信付款。

对方是个年轻的小哥，看到她微信名的那一刻，忍不住笑起来，说想起了他女朋友之前也叫“不瘦五十斤不改名”。

我同事问：“你女朋友后来改了吗？”

小哥一声冷笑：“她用这名字已经一年了，我看她能用上一辈子。”

说起来是笑谈，但我们都不禁在想：为什么我们总在对着未实现的成果望洋兴叹？

每一个新年，我们有太多的目标想要实现。

在年度计划上写下目标的那一刹那，人很容易产生一种虚无缥缈的幻想，还以为自己在哪一个平行时空里早已把它们实现。

可是后来我发现，左右着你整个人生的并非想法，而是原则。

在目标和现实之间永远搭建着一座桥，只有恪守原则的人才可以走完。

大概在几年前，我曾经加入过一个晨间写作的群。

任务说起来简单，每天利用早晨三十分钟写一千字左右的短文章。

刚开始几天，我和所有人一样兴致勃勃地开始写作，甚至扬扬自得于能够提前完成任务。

但过了区区几天，我和群里的几个人就开始打退堂鼓。我们开始推翻几天前为自己定下的原则，认为这三十分钟写下的文字毫无意义，何况那又是在每天暖被窝都还来不及的腊月间。

“前怕狼，后怕虎”，我们最终找了个冠冕堂皇的理由退出了群。

结果到了年底，正好有相熟的出版方过来问我要作品，我却拿不出一部完整的作品。自责的细胞像是遍布了我的全身，但早已悔之晚矣。

那些一根筋继续坚持写作的朋友，那时候早已写下洋洋洒洒几万字了。即便文字不那么精致，至少也有足够的资料拿去向别人请教，也更容易发现自身所在的问题。

谁都知道“积少成多”的道理，只要能坚持“积少”的原则，就注定有“成多”的一天。虽然不一定会从量变到质变，但至少是具备了质变的基础。

可是人的劣根性，就是总会在过程中因为各种原因打退堂鼓，从内部去打破这个原则。

其中的原因，有些是过度的自我怀疑，更多的是像曾经的我一样——用自我怀疑掩饰的贪图一时安乐。

无法遵守原则的人很难料理好自己的生活。因为丢失原则而产生的自责不仅体现在工作上，还体现在人际关系上。

我曾经就遇到过这样的一个同事，她平日里最喜欢做的一件事情，就是悄悄地把我拉到一边，然后细声细气地向我抱怨——

另一位同事叫她帮忙去安排车辆，她看到那位同事很忙，一时心软就答应了下来。结果因为这不是她分内的事，她并不熟悉，过程中出现了问题，反而被领导认为是她办事不力。

或者当她提前安排好了第二天要做的事，另一个同事却将自己手头未完成的工作交给她。她不忍拒绝，结果把自己第二天的安排打乱得一团糟。

抱怨完，她陷入深深的自责中：“明明在这件事情上，我自己占理，为什么当时不直接拒绝他呢？结果无端端把自己逼到这样进退两难的境地。”

很多人自认不懂得拒绝他人，总在一些小事上吃哑巴亏。其实大部分原因却是他没办法认可与坚持内心里的交际原则。

给自己立一个原则，凡是自己不熟悉的业务或可能与自己的时间产生冲突的事情，即便是举手之劳，也不轻易提供帮助。在第一时间当机立断，这样就可以减少事后自责的机会。

原则协助我们区分分内的事和分外的事，将有限的时间投入到某一个特定的目标里。

当你有了一个合乎自我实际的原则，随之而来，你做的事情也会是合乎自我实际的。

每个今天看似很难达成的结果，其实都是来源于昨天对于最基本原则的坚持。

在《高效能人士的七个习惯》这本书中，作者就曾经给原则下过定义：“准则就像地心引力系统这样的自然法则，是客观的，与价值观不同……当你向下扔掷一个物体的时候，地心引力就决定了这个物体将如何运动。”

你为什么总在自责？就是因为你没有坚持原则，没有做正确的事情。假如你做了正确的事情，就只需等待结果。

到最后，你会发现人生其实就是一个陶瓷储钱罐，只有你不断地向内投入零散的金币，才能在人生的某一个阶段，砸开储钱罐买到自己最心仪的东西。

那些看似轻松成功的人，确实没有比你多做多少事。他们只是每天告诉自己“定时在储钱罐里投一枚金币”，就这么简单而已。

可是很多人哪怕知道法门在这里，也依旧疏于践行。

不往上走，所有的路都是下坡路

前一段时间，正好去武汉参加一个培训，被安排和一个陌生女性同宿。

去之前，我就打听到对方是个三十多岁的管理层员工。我心里默默盘算着：三十多岁能做到国企的管理层，怎么也算是个厉害角色。

当天，我很晚才到宾馆。安顿下来后，便听见她和女儿打视频电话，两个人亲亲热热地说了一会儿悄悄话后，她对女儿说：“丫头，妈妈要做作业去了。”

她提到的“作业”，就是预习第二天的上课内容。培训简章里说，学生可以带自己的作品寻求老师指点，她觉得现有的作品不能代表自己的水平，决定再做一份。

视频那边的小女孩很习惯地挥手say bye-bye，仿佛“妈妈去做作业”是生活的常态。

几天观察下来，我发现这位年轻的管理者好像有一张固定的时刻表，有一种惯性的劳逸结合。后来聊天才知道，她的硕士学位也是在生完孩子后才考的。

生完女儿的第一年，她考了中国传媒大学的艺术硕士，每天背着书包去上课。到了快毕业的时候，女儿已经能拿着她自己的小书包，站在镜子前问别人：“我像不像妈妈，妈妈背书包，我也要背书包。”

轻松的人生，总是让人难以抗拒。可真正轻松的人生，应该是当你培养起了一种积极主动的自律性、能够完全地去掌控生活之后才能达成。

有一种轻松是假轻松，表面上看似乎在享受无所事事的乐趣，实则难掩盖住一直下滑的颓势，进而产生出一种焦虑。

而另一种辛苦是真轻松——它看似不自由，但只受限于自己。

人生哪有什么先来后到，只要你不往上走，它才不论什么时间地点，顷刻之间就把所有的路变成了下坡路，让你欲哭无泪。

世界上哪有什么怀才不遇，纵使怀才真的像怀孕，你始终不去找生产方法，它也只能默默地胎死腹中，永不见天日。

好不容易走到山顶，就以为自己会永远待在山巅。其实人生哪里是一座山，它根本就是生产制造加工一体的流水线，只要你不往前跑，就会跟着流水线一直往后倒退。

这个温柔的世界总会在你奋斗到最精疲力竭的时刻，允许你按下暂停按钮。那时候，请你默默地对自己说：我允许你有想停下来的念头，但只准有这一刻。

那一刻过后，重整行囊，即刻上路。

路不继续走，总有到头的时候。别在收获小成功后就飘飘然地就地躺倒。成功之后的两三年，才真正决定了未来的人生。

就像马拉松的前半程其实不能决定什么，撞线时才知道谁是赢家。

人生没有GPS，
耐心地用你的方式走下去

我小时候曾经很自卑。

在我们家，我爸爸会画画，我妈妈会设计衣服，我的小阿姨也会画画，甚至连我家的小表妹都随手拈一支笔就是一幅四格漫画。

我也很小就开始学儿童画，觉得有趣又简单——直到我第一次接触了素描。

那时候我第一次知道原来画画还要去体会光影的位置。

老师在讲台上问，看到影子在哪个方向了吗？全班异口同声地回答“看——到——了——”。而我永远懵懂地看着大家，然后画出一个完全相反的光影效果。

某一次比赛失利之后，我回家哭着对家人说：“为什么我就不会画画呢？为什么我永远都分不清楚光和影的方向呢？”

辨别光和影，对于我一个七八岁的小孩来说，实在是一件太难太难的事。

当我身边那些曾经一起画儿童画的同学都已经能够交出完整的画稿，能把静物组合描画得栩栩如生时，我却还只能循着美术书上的成品图，临摹出画稿。

还记得那时候电视上在播《蓝色生死恋》，小恩熙在知道自己不是父母的亲生孩子的时候哭着说："我早就知道我不是你们的孩子，哥哥会画画的，爸爸也会画画，只有我不会。"

小时候的我，敏感而不知事。自此心有戚戚，怀疑自己也不是父母的孩子。

后来阴差阳错地成了作者，认识了很多同是作者的朋友，才发现这样的人原来不止我一个：

某PPT制作达人大学毕业后进入金融界，但无奈自带看到数字就犯困的属性，工作一直都无法得心应手。老板对这个刚毕业的学生给予了最大的善意，才不至于在每次听完一塌糊涂的汇报之后破口大骂。夸无可夸，只能拍拍他的肩，鼓励地说："PPT做得挺不错的。"没想到这条路一走就走成了职业。

一个数学系的男生在稳定的教师岗位上工作了十多年。他实在不是个好老师。教学上没有出什么成绩，职称也一直升不上去。唯一能让他自信的就是在课堂上偶尔跟学生们滔滔不绝地谈古论今。他业余的时候总爱写一些小文章，被同事说成是不务正业。结果他就靠着这些小文章，做起了自媒体。

我们都是曾经“人生失败小组”的成员。

在能够接触到的有限的领域里，我们都是特别普通的人。没有天赋的我们被挤到了人潮里，就算有心人愿意静静端详，都不能够确保我们被人看见，甚至对于嘲笑也没有可以辩驳的。

人生真的没有导航，所有的名人传记里克服迷茫的方法，在具体的事件面前，都是无效的方法论。

谁也不能指望别人给自己指一条明路。就像世界上找不到两片相同的叶子，也不可能有两个人踏上相同的人生路。当这条路全是高山峻岭的时候，会不会有另一条路是坦途，这对于谁都是个无解的问题。

我不知道大器晚成的人，都是在多大年龄才确定了自己要走的路，但很多事情要错过一次才有意义。

我们永远都在接触自己身边的小圈子，认可并执行一种固定的生活方式，但事实上，当我们一脚踏出这个圈子，我们会发现还有无限大的世界，那里也许有一些事情是更值得我们去坚持的，一旦开始，请不要结束。

我们就像寓言里带着孩子和驴进城的商人，无论骑着驴、牵着驴还是扛着驴，总有人在指责你没有按照规定的路线走。

或许他们是好意，以为脚下的坦途放之四海皆准，可只有你的脚是真真实实地踏在脚下的土地上。你一定能按照自己的“脚感”来做决定，去走哪一条路。

征服迷茫的办法，就是坚持你现在选择走下去的方式。

人生没有GPS，不要害怕，用你自己的方式去走你自己的专属的人生路。

如果现在有机会遇到那个曾经慷慨激昂地说想要做画家的自己，我想，我大概不会递给她罗盘，告诉她要往哪个方向走。

但我会告诉她：你身边的人都在走的那条路不一定是正确的，请坚持用你自己的方式走下去。

年轻人会在旅行中得到什么

我十五岁第一次独自去旅行。在二十二岁之前，独自一人踏足许多城市。

旅行教会了我太多事情。我当然同意很多人对于旅行的看法：旅行为了享受。

谁也不会抱着学习的目的进行一次旅行，但旅行却在潜移默化里，带给旅行者很多成长。

张爱玲说，成名要趁早，我觉得旅行也一样要趁早。

中年人的旅行更多时候是从内到外，而年轻人的旅行是从外到内的。

人到中年后，旅行的意义更多在于去体验世界、了解世界。

而年轻人却能通过旅行改变自己，继而改变世界。

就像提前播撒下来的一种子，你永远不知道它会在什么时候发芽。

我最尴尬的一次经历是因为旅行。

那时候我去厦门，瓢泼大雨。我由于行程的更改，必须去厦门站改签车票。本来这条路线的票都比较富余，但那天却被告知全天连站票都卖完了。

我叫天天不应叫地地不灵。向厦门的朋友求助，对方午休没接电话。带的雨衣又盖不住行李，裤子湿漉漉地贴在身上。

那一刻，我简直觉得全世界的坏运气通通降临在我的身上。

旅行中太容易遇到不可抗力。即便万事周全，还有可能因为自己的决策失误或是信息不准确而突遇困难。

但是旅行的意义在于，将问题摆在你面前。旅行中没有别人，所以你开始主动想办法去解决问题，而不是等待着别人来替你解决。

先是解决问题。厦门站虽然无票，但厦门北站晚上七点回家的动车还有票。

再来调节心情。在路边找了快捷酒店的钟点房把妆补好，买了把绿伞配我的绿雨衣，在厦门大街上一路吃吃喝喝，一身小葱绿欢脱地向着北站进发，正好赶晚上七点的动车，临了还抱着方便面、卤蛋、寿司欢喜地结束了旅程。

旅行中难免遇到意外之事，比如到了景点却发现今天没有开门，又比如突然遇到公共交通改道，旅行让你学会迅速地给自己列出一个“第二选项”。

想想很多时候，人生也一样。当你确定了一个目标，你不知道走向它的过程会是一条直线还是一条曲线。

当一条路走不通的时候，考验的是你能不能在最快的时间里，给自己找到另一条路。

年轻的生活不应该是风平浪静的，否则到了年岁渐长再遇风浪就会感到害怕。

当一个人在旅行里屡次妥善解决意外，他会产生一种不惧意外的自信，在生活中会去挑战危险刺激的新事物。

机动性是一种习惯。人要学会事前周全，也要学会在事中灵活。

如此才能看到人生的更多可能性。

旅行网站里经常有关于穷游和富游的争论。

一部分人赞成穷游，觉得旅行贵在精神体验。另一部分人觉得所谓穷游劳心伤神，无法充分享受旅途的快乐。

普通家庭里的年轻人，在旅行这件事情上，常常面临着“想要获得的”和“有能力获得的”两者的拉锯战。

刚开始旅行的时候，因为经济条件不允许，我经常以一种穷游的状态出行。后来我慢慢发现，在所谓的穷游里，我花费在挤地铁和迷路里的时间更多。

我属于方向感特别差的人，从一条巷子里出来，我就会不知道自己刚才要往哪个方向去。如果每次都坚持自己找路的话，会耗费很多旅行的时间。

我重视当地的食物，在北方旅行的时候，曾经为了品尝特色美食，一天下来吃了十几碗面。旅行回家后发现少吃了某一样美食，就会遗憾得不能自已。

但我的睡眠质量出奇的好，无论什么样的垃圾环境、嘈杂的声音都无法影响我。所以，旅行时会尽量选择干净的青旅来节省费用。

大学时代，我有意识地找一些可以减免交通费用的工作，比如跟着剧组、剧团，或是能提供合理出差时间的工作。

旅行让人开始思索，什么对你是重要的，什么是可以抛弃的，什么是可有可无的，什么是举足轻重的。

未来的人生里会有无数次要你去选择，就像旅行让你知道，你终究不会获得理想中完美的人生，但你每时每刻都有机会去挑选自己想要的。

旅行时每个女孩都想住五星级大套房，可是背包客做久了，你知道如果没有钱也可以有机会去看世界。

这段时间《花儿与少年》新的一季又开播了。记得上一季的最后一期，我也是在外地的宾馆里看的。

那时候我与和同行的六个人，正上演着现实版的《花儿与少年》。

旅行是考验默契的绝佳方式，闺密同行都可能不欢而散。所以才有了那么多以旅行为名的相处考验，就好像毕业旅行、蜜月旅行。

旅行本就是相爱的人一起去做的事，相爱的人往往相似——相似的性格，相似的目的地，对旅行的相似的期待。

这中间的相处——各执己见、协调、坚持——远比旅行本身更有意义。它带给你成长，学会去寻找不妥协于内心，又以令人舒服的方法顾全大局。

通过旅行，我更学会如何与观念不同的人相处。日常生活中，我们会害怕与陌生人相处，只愿意和待起来舒服的人在一起。旅行却给你机会，把每一个人都变成能相处得舒服的人。

陈意涵参加节目的时候曾经说过：非常感谢旅途，让我知道我也可以和这么多不同类型的人相处。

这也是我对旅途最大的感悟。

其实生活中，谁不是在和一簇簇新的陌生人一起旅行，差别只是终点在哪里。

旅行长见识，更长灵智。一点拙见。

3

时间过得太快，

要努力奔跑但不要着急

内心的丰盈与美满能在遇到问题时将自己从困境里解救出来。它是救心丸也是防腐剂，将其视作日常的一蔬一果，长久服用便可以永远年轻。

走得慢一点，踩得稳一点

1

我们都曾经历过在一个泥泞的雨天，为了躲避大雨过于奋力奔跑，而最后跌了一跤。

我们太想要赶紧躲开糟糕的现实，到更光亮的地方去。想要跑得比别人更快一点，提前到终点招手炫耀。

可是跑得太快，也许会在终点前因为脚底打滑而痛失名次。

就拿爱情来说，愿意等爱情的人总会被看得很愚蠢。因为一时起意的等待过后，有太多的来不及在追着他：来不及在合适的时间结婚，来不及在合适的时间生孩子，来不及应对亲戚朋友的冷言冷语……

我们舍弃等待，是因为我们害怕来不及。

可是没有等待的日子，我们扪心自问，真的过得开心吗？

因为想要快一点，所以只能在情感上勉强将就，和眼下还不错但又不够有感觉的人在一起。

因为想要快一点，所以把工作上的提升寄望花花绿绿的旁门左道，对枯燥的案头工作敷衍了事。

因为想要快一点，所以没有时间好好经营生活，只能牺牲家庭和生活的乐趣，随着人群趋之若鹜。

因为想要快一点，摔倒的伤口还没愈合，经验教训还未吸取，就急切切地往前走。

不知道什么时候，**我们开始说要赢在起跑线上**。**可是人生何止有一条起跑线?**

2

我大学的时候曾经去一个教育机构应聘，想要成为讲师。

因为专业不合，纵使端着一大堆证书去应聘，我还是被安排了一个前台文员的岗位，每天负责一些收费、复印之类的小事，到了下课时间就跟着兼职的小时工们一起去附近的学校门口发传单。

发出一摞传单赚五角钱，索要到一个家长的电话号码赚两块钱。刮风下雨，不曾间断。

那时候的我花了很多时间去思考，怎样和学生家长更好地交流，怎样挑选发传单的时段和地点，用什么样的语气跟家长说话不容易被拒绝，不同类型的家长各自需要什么讯息。

直到我如愿站上三尺讲台，面对学生家长进行公开课的时候才发现，原来在发传单的漫长时间里，我已经学会去分析那些学生真正需要的是什么，以及如何跟家长交流。

当了讲师之后，我听同事说，后来决定将我纳入讲师是因为老板发现我在发传单的时候和家长的沟通很有技巧，成功率比别人高。

如果当初我总想着为什么别人能够一蹴而就，而自己却要在这凄风冷雨里发传单，可能也得不到现在的工作。

“慢一点”不是让你在一件事情上拖延时间，而是尽所能做好现在的事情。

当下没有选择的时候，不必拿望远镜去窥探别人的成功，把眼前的事情安排妥当，比竞争对手们多一点用心，这样的“慢”是为了未来的扎实。

3

《北京遇上西雅图之不二情书》里有一句台词：有时等一封信，漫长得如同一生，但是慢一点又有什么不可以呢？慢一点，才能写出优雅浪漫的话语；慢一点，才能仔细寻觅盼望的爱情。

我太喜欢这句话了。

我刚开公众号的时候曾经向朋友抱怨过，为什么别人三个月就能涨六万的粉丝，我却好像每天只能增长少许。

朋友说，因为他们是真心喜欢你，而真心总是来得慢一点啊。

虽然是句笑谈，但听后我颇为释怀。**法式大餐一定比餐厅速食来得慢一点，所以你才能眼观它的精致，细嗅它的馨香**。

快的东西不一定都是糟粕，但好东西却大多数都需要沉淀的时间。

好的爱情，是像陶行知与吴树青的婚书里写的：“天也欢喜，地也欢喜，人也欢喜。欢喜我遇到了你，你也遇到了我。生一两个孩子，一半儿像我，一半儿像你。”

好的工作，是心有诗与远方，但眼前也不曾苟且。每一步都迈得扎实稳健，每个教训都分析得玲珑透彻。

其实我们终其一生都在追寻的，是在人生终结，可以体面淡定地离开。

那何不从现在就开始走得慢一点，每一步都踩得稳一点，体面一点？

想和你谈一场柴米油盐的恋爱

我身边有一对情侣，从大学一年级就认识，两人来来回回拉扯了六七年，终于双双逃离北上广，回到我所在的二线城市里稳定了工作。一切看似尘埃落定，我们的男主角宽哥终于要向女主角阿芜求婚了。

为了避免求婚失败，宽哥留了个心眼，让我们闺密团先旁敲侧击地问一问。

果不其然，阿芜十分感动然后拒绝了他。

她皱皱眉说："其实我也觉得他挺好的，可是一想到要和他过日子，我就觉得头皮发麻。"

大概是女孩们之间的心照不宣，我们竟谁都没有上前劝慰。

——那就再等等吧，毕竟柴米油盐也是一道坎，并且号称是一段爱情开花结果路上的终极无敌大坎。

谈恋爱谈什么？不就是在一个风花雪月之日和一群人谈完日月星辰，然后选定一个人，和他聊聊柴米油盐这点事儿。

从前总觉得：过日子，多大点事儿啊。比起两人培养起惺惺相惜的默契，比起琴瑟和鸣的心灵相通，比起柏拉图式的情感交流，油罐子糖罐子醋罐子稀稀松松往灶台上一摆，不就是过日子嘛！

可是有些璧人，偏偏迈不过这一关，被硬生生卡在门后。

“我只想和你聊聊日月星辰……”

那你们好聚好散，交个朋友吧。

在外人看来，我的外婆和外公就纯粹是柴米油盐的爱情。

当年，外公是家境富庶的大家少爷，光是曾祖父的姨太太就有七八房，其中一个还曾是沪上著名的歌厅头牌。我曾经随着家人祭祖路过祖屋，大格局的西洋楼、细致的雕花铁窗都在诉说着当年的气派。

但无奈外公是个半生被悬挂在时代潮尖上的人。刚从同济大学毕业，就遇到了三年自然灾害。刹那间，柴米油盐成了比知识更为难得的什物。

他出身大户，大手大脚惯了，块头大，吃得多，粮票油票的定量只够他两日饱腹十日饥。

就在那时，被饿得浮肿不堪的外公经人介绍认识了在国营杂货店工作的外婆。

初次见面，她甩着两条乌青的大辫子嗤笑他：让腿消肿有什么难的，不过是柴米油盐的小事。

其实，在那个人人缺衣短食的年代，要弄点吃的谈何容易。大辫子姑娘却自有办法，她把自己的盐全省下来给他，每天关店前都把店里卖剩下的空盐袋子泡在水里，泡出满满一缸盐水自己吃。

后来人们都说外婆是大脚文盲高攀了高才生。

可是外公说，他忘不了那个画面——甩着大辫子的姑娘满脸红扑扑，一路小跑过来，往他手里塞了袋盐。

外公家里也曾给他介绍过几个门当户对的小姐，念过女校，留过洋，会拉小提琴。他们聊法捷耶夫的书，聊各国的革命，聊苏联的音乐，却迟迟不敢聊到粮票油票，既怕显得自己太俗气，又怕把对方低估得太俗气。

没有哪段爱情的落脚点不是柴米油盐，“有情饮水饱”也不过是情到浓时的一句空话。不够爱，不够信任对方的爱，才会害怕柴米油盐之举显得自己太俗气。**人们对真爱的人，迫不及待与其共商家事，巴不得越俗越好**。

我们都是俗人，俗人就该做俗事，这世界上还有什么俗事抵不过“每日要食五谷精微”？

现代人大多不像外婆外公一代，有缺衣短食的苦恼。我们将柴米油盐视作琐事，腾出更多时间去投入塑造生活的质感。

这里的柴米油盐，并不完全指一个人的物质基础，而是他创造物质基础的能力。

好小伙娶了好姑娘，是觉得她能将再平常不过的柴米油盐烹调出千般好滋味；好姑娘嫁了好小伙，是信任他不至于使她日日做无米之炊。彼此相信对方有足够维稳生活的能力，才能从爱情进化成为婚姻。

年轻的时候，我们会与许多人聊起风花雪月这类远而美好的事物，却不可能与每个人围炉共话柴米油盐。

深爱，哪有书中写得那么复杂。

不过是在某一瞬间，聊完日月星辰，突然很想，和眼前这个人继续聊聊油盐酱醋。

——就这样天荒地老地聊下去。

丰满的灵魂，是脸蛋的防腐剂

1

前段时间和一个男伴聊天，我兴致勃勃地给他看一个喜欢的中年女明星的照片，并大赞其举手投足之间仍保留着当年风韵。结果他一脸无动于衷的神情，让我好生尴尬。

“难道你不觉得她活出了一种五十岁的美感吗？”

男伴冷言回我：

“只有你们女孩子才会觉得女人每个阶段都有每个阶段的美。我敢说大部分的男人都是视觉动物，在我们看来老了就是老了、丑了就是丑了。我们顶多赞美她优雅端庄、充满母性，但绝非是容貌精致。”

以前，我觉得这是个特别市侩的说法，总在试图去扭转这种认知。

后来发现，女人之所以觉得每个阶段有每个阶段的美，大部分是出于对自己的自爱，就和男人总在强调“宝刀未老”是同一个原因。

记得很多年前，蔡康永就在一个节目里说过这样一段话：

“我常常听人说‘带着尊严老去’，可是老就是老啊。80岁的老太太，她最多就是气质优雅，可她就是老了。”

这导致蔡康永在我心目中尊重女性的形象崩塌殆尽。

直到如今，我一脚踏入尘埃里，才佩服他当初的敢言。

2

我见过很多不太美的女人，包括每天照镜子时看到的自己。

比起年过半百仍风韵犹存的明星，大部分人都是雪虐风蚀的，再怎么保养也是雪中送炭，谈不上锦上添花。

前一阵子我就遇见了一个不太美的女人。

她是想要在杂志上发医学论文的作者，留着微卷的棕色头发，不知道是染得不匀称还是太久没打理的缘故，夹杂着花白。

我们耐心向她解释，我们没有发表论文的权限。那女人沉默了半晌，埋下头，做出了一个郑重的姿势——向我们深深地鞠了一躬。

“打扰了……”

她弯着身子，一副虚劳贫血的样子。我于心不忍，让她留下了微信，以便转告相关信息。

我原以为这样一个经济尚可的暮年老人，朋友圈里要么是大妈们到此一游的环球巡游照片展，要么是好友亲朋争相转发的养生资讯。可是她的朋友圈里，全是艰涩难懂的各类文献和写作进度。

后来我才知道，老人家里世代行医，后来她继承衣钵，做了医院的医生。退休了之后，仍然惦记着要把老祖宗的东西整理起来，留给后人。

我突然想起，前段时间去了中国中医科学院找老师，墙上挂着屠呦呦早年在科学院做研究的照片。

我盯着墙上秀气可爱的年轻女子看了许久。

她怕老吗？绝对不。

她们看似没有得到在世人眼里精彩的人生，未曾企及过美貌和财富。但你和她交流的时候，就会讶异地发现，她们的眼神里永远都有光。

因为有自己所希望坚持的东西，所以他人的评判就不会转移自己的注意力。**除了容貌和金钱这些变量，什么都没有的人，才会害怕变老**。

我曾经写过一句话：少女心大概就是永远拥有着不切实际的幻梦，眼里每时每刻都冒着星星。

丰满的灵魂真的是容貌最好的防腐剂，生活的变量是掌握在别人手里，而恒量是掌握在自己手中。

垂垂老矣如何，散尽钱财又如何，一切所追所求不老就可以永远年轻。

3

人一定要找到自己喜欢的事情，并为此持之以恒地努力——这是对抗时间最有效的方法。

在我的观察里，那些到了四十多岁就开始长吁短叹的人，往往都在年轻时丢掉了喜欢的事情：

当初因为别人说画画没出息，从此搁下画笔；

当初因为别人说女博士不好嫁，从此放弃科研理想；

当初因为别人说学文科不好找工作，从此收了喜欢的书，背起了恼人公式……

在人的一生中，千万不要因为别人说什么而放弃自己所追求的东西，追求丰满的灵魂，从来不是为了讨好别人。

我们活给许多人看，少年时写好作业交给老师，青年时勤恳工作回馈老板，中年时赚钱养家拼事业，但最终是活给自己看的。

内心的丰盈与美满能在遇到问题时将自己从困境里解救出来。它是救心丸也是防腐剂，将其视作日常的一蔬一果，长久服用便可以永远年轻。

陪你喝深夜的酒，等你吃清晨的粥

1

有人问我这二十几年的人生有没有喝醉过，我仔细地回想了一下，把回忆里的每一个犄角旮旯都拉出来认认真真掏心掏肺地想了一遍。完全确定后，一脸笃定地回答：没有。

说完我就后悔了：我坐在一群酒鬼里，说完真话，怎么都像是在装清纯。

那时候，灿灿坐在我的旁边，刚用牙齿起开了一瓶酒，振臂高呼："喝呀！五魁首啊六六六啊七个巧啊八匹马啊！"

旁边坐着条子——她男朋友。

条子很油，梳着油头，说话流里流气。他和灿灿都在剧团工作，灿灿是女演员，演公主和王妃。条子是男演员兼"缺啥补啥"

杂工。

那时候我还在剧团，深夜收工，大家就出去吃大排档。灿灿是最会喝酒的姑娘。

2

灿灿说自己原来没现在能喝，凡是出门喝酒，总是战战兢兢的。她早恋，也早失恋。十六岁的时候就一个人跑到小酒馆里喝“失恋酒”。

“结果你猜怎么着？”她说：“我看那小酒馆快打烊了，卷帘门掉一半的时候就酒醒了，大喊‘老板娘，别拉，我还没出门’！屃的！”

条子在一旁拆台：“别当着我的面胡扯，你自己都忘了，我们在一起之后的第几回，你就醉了，要生要死的。”

后来灿灿跟我说，那天她其实还没醉透，只觉得逗条子好玩，一路推搡着他，含糊不清地喊着：“你倒是动我啊！”

条子说：“哎呀，太晚了，我们都睡吧。等你明天醒醒再说。”

灿灿说，她记不清了，只觉得那一天的条子一点都不像条子。她确实有一些生气，感觉条子的“不作为”太孬种。

可是就从那天开始，她突然觉得，醉了好像也没什么可怕。

真正的爱情很好，能让人大口大口喝酒。

3

缺乏安全感是所有女性共有的妇科顽疾，而“深夜的酒”就像很多东西：

下雨天我一个人留在办公室里加班，外面突然下起了雷阵雨，而自己没有带伞。这时候电话铃声响起，他说，嗨，我在楼下接你，而不是接到你的电话后说，楼下不是有个小杂货店，干吗不去买一把。

和一些不太熟识的亲戚唇枪舌剑三百回合，说要不要生二胎，生姑娘还是生儿子，他能站出来，对着七大姑八大姨摆出架势。而不是躲在墙角，任凭你受欺被压也按兵不动。

被朋友反咬一口，被老板大批一顿。他能走出来问你，是想要一个拥抱还是一把利刃。**我相信每个姑娘在这样温柔的时刻，都会选择要一个拥抱，但你必须先给他一把刀，做她夜行的庇护**。

有些男人动不动反怪女人不温柔。**你要知道，你的强硬，才是她温柔的底牌**。敢喝醉的女人背后一定藏着铁臂。

我羡慕所有深夜里有酒可喝的人，想象着他们在酒局散场以后，扶着一个人的肩膀，飘飘荡荡依旧有安全落脚的地方。

“我知道无论多深的夜，喝多烈的酒，甚至不再记得自己是几点几分倒下，醒来的时候都会是清粥配小菜。”

这是万事俱备，无论如何也不会舍你独自而去的安全感。

4

今天在网络上看见一句话，清晨的粥比深夜的酒好喝。

一碗清粥自然很好。有的时候，我觉得人是要服从脾胃的。食物是养人的，五谷杂粮，怡人心神。牙好胃口好，这都是过日子的必需品。

可谁还没有个在深夜里想要喝酒的时候？谁还没有破败疲惫的时候？有个人陪你在夜里喝完最烈的酒，等你悠悠转醒，一起喝清粥配咸菜，多好。

有人愿意放弃夜里的干柴烈火，与你彻夜长谈。又愿意吃完清粥小菜之后，一抹嘴角，与你相看两不厌。

深夜的酒是噩梦来临时的安全感，清晨的粥是维持生计的安全感。一个短暂而有力，一个漫长而隽永。长长短短的安全感，交织成疲惫世界里最温暖的你情我愿。

清晨的粥比深夜的酒好喝，晚上的浪子陪着少女看海。

一个男孩最爱你的时候，是想帮你实现梦想的时候

1

三年前，和彭青第一次见面的时候，我正以标准葛优瘫的姿势坐在单位的休息区——确切来说是“半躺”在休息区。作为一个新编辑，被作者以没经验的原因拒绝，是一件很丢脸的事儿。

那年我才毕业不久，为人处世的状态尚在学生阶段，不仅如此，办事能力还特别糟糕，总能把别人交代的事情完美地搞砸。唯一的优点，是拥有一张青春洋溢的脸和熊熊燃烧一天三夜也燃不尽的写作激情。

彭青泡了一杯速溶咖啡坐到我对面，问我：“嘿，小丫头，遇到什么难事儿了？”

看多了宫斗戏的我很警惕，觉得千万不能在他面前露怯，何况虽然是扁平化管理，但从理论上来说，他还算是我的上司。

我硬着头皮说：“没事儿！”

彭青一语就点破了我：“眉头都皱到天灵盖上了，嘴上还能说没事儿？说说吧，说出来也让大家开心点。”

说完，他眨巴眨巴眼睛，盯着我，似乎想要很认真地帮我解决问题。

那一刻，咖啡的香气直冲我的鼻子。我简直想哭，感觉单薄的生命里多了一根稻草。

2

我和所有同龄的小姑娘一样，梦想着升职、加薪、走向事业巅峰，他把手头的作者资源毫不保留地介绍给我。

我傻乎乎地问他：“你把资源都给了我，你用什么？”他随口回我一句：“傻姑娘，我难道不会再找吗？”

后来我和彭青在一起了，他说那时候似乎有什么魔力驱使他走向我，忍不住地想要为我排忧解难。

他把我介绍给熟识的作者，夸我“现在像这样想做本好书的好编辑已经很难找了”，夸我是“我们公司难得一见的高才生编辑”，他让我的梦想不再是梦想。

在电影院的时候，我说特别想吃大包的爆米花，他一边说着“爆米花这种小孩子吃的东西有什么好吃的”，一边趁着出去上厕所的间隙，错过了精彩的剧情，排了长队买回来。

我们去台湾旅行，我战战兢兢地跟他说，我想要去诚品书店看书，是不是两个人可以分开走，毕竟他并不喜欢看书。他说你来定吧，按你想去的地方走，重要的是你要玩得开心。我在那里逛了一天，他也陪伴了一天。

我工作中有了新想法，想要在新书中采用某种新工艺，无意中跟他说了个雏形。他就四处打听哪个工厂可以有这样的特型工艺。

我做的每一个梦，他都在努力帮我实现。

3

一个男孩最爱你的时候，是想帮你实现梦想的时候。

你无意间说的“想要的”“不想要的”，他都能记得清清楚楚。

但是突然有一天，他开始帮另一个女孩子实现她的梦想。那个小姑娘是单位新来的同事，人儿娇娇小小的。

他说这仅仅是“善意的帮助”。

我们一起喝下午茶的时候，他突然跑出去给小姑娘递文件，怕她因为粗心被骂。

主动把两个人的奖金，更多的那一块算在那姑娘头上，说“要照顾新人”。

把单位发的购物券，送给那姑娘，说“小姑娘在外面租房子也不容易，我反正也不用”。

我就看见他不断地向她靠近，两个人在咫尺之间，他还总想着要扶她一把。

男人和女人最大的差别在于，爱一个人的时候，女人想在背

后默默撑着他，而男人是想正面地、面对面地把手递给她，救她于水深火热之中，救她于风刀霜剑之中，让她看在眼里，刻在心里，时时刻刻记着他的好。

那种深情和炙热，是无论什么也挡不住的。

他这样对她，一如从前这般对我。

4

因为不够爱，所以习惯性的忽略，成了理所当然。

当我提起想要做一件什么事，他开始执着地与我计较对错，分析失败的可能性。

“作”“矫情”只在不爱的人身上，因为不够爱，才觉得他提的要求，无论大小都是无理取闹。

在我身后，哪怕是深渊、大海他也不会再拉一把，或者只是像一个朋友一样礼貌地顺便扶一扶。而那个女孩前面是个浅浅凹地，他也要一并俯身，绕上几百里路，将她背过去。

没有人可以责怪，只是——爱淡了。

他再也没有那样冲动的愿望，想要在我心中证明他的能力。其实情动之后，爱情的表达就变得和缓，这我完全能够接受。我不能接受的是，他正在对着另一个女孩儿释放这种能力：他想看她笑，想帮她完成梦想，想帮她完成她说过的每一件事。

由不得你不承认。

爱情的理论多么简单粗暴。因为爱她，所以想把能触及的全世界都给她。她遇到困难的时候，想要陪在她身边，就算什么也不做，也想要给她讲睡前故事，陪她安稳入眠。

5

彭青说，你太敏感了，你知不知道爱情并不是这样的衡量方法。

我在心里说："我就想问问，在三年前，你会不会说，你把梦想放弃了吧！"

爱情本来就是一种私欲，是两个人在这个混乱人间，因一条红线牵起的缘分。

第一步并不是想要占有她，而是想帮她。想帮她实现所有的梦想，想看她开心自由地笑。你看，爱情本来多么简单，无论男女，就是想要掏心掏肺地对对方好。

我不是一个把精神的背离看得比肉体的背离重很多的人，但是这样明目张胆地想为一个人倾注所有，光是这种"想"与"欲"，不是爱情，又能是什么呢？

凄凄惨惨戚戚，乍暖还寒时候，最难将息。

换了人，爱情还是同一个样子。你心里的世界太小，只能容得下一个人。**你渺小的力量，也只能帮一个姑娘实现她的理想——就是那个她说要天上的星星，而你就千里迢迢为她掬来一捧清水，在月圆之夜，小心翼翼地端给她看的姑娘啊！！**

4

优秀就是让自己不落入平庸的俗套里

听任身边人渐行渐远，变成了抓不住的细沙，才懊恼当初未能金屋藏娇、好生珍惜——这样多遗憾。

对生活妥协一步，就不是想要的人生了

1

小时候，我特别崇拜我的一个堂哥。与其说崇拜，不如说，其中带着一点点神圣不可侵犯的“嫉妒”。

在我还是小孩子的时候，高级甜品店还是个挺稀罕的玩意儿。它在小城市的中心街道上，有着时刻保持着锃光瓦亮的玻璃柜台。奶白色的射灯，直直地照射在柜台的蛋糕上，每一块都显得精致可爱，似乎稍微动一下就会全部化掉。

放在最中间位置的，是一块巨大的慕斯蛋糕，满满全都是水果，价格也最为昂贵。我和堂哥都直勾勾地看着它，一秒都不愿意挪开眼睛。

大人说，你们每个人可以从中挑选一个蛋糕，但只能是一个，不能多要。

那时候，我是长辈口中的乖乖女，是外人口中的“别人家的孩子”。而堂哥则不然，他是方圆十几里远近闻名的小霸王，伯父伯母都拿他没办法。

堂哥站定了，指着最大最贵的蛋糕说：“我就要这个。”

轮到我了，长辈们满怀期待地看着我。他们亲切地说：“随便挑吧！”

可我揣测着这言下之意，他们其实是期待我做出看起来最正确的选择。而我也想通过一个“符合身份”的选择，获得他们的赞许和认可。

我把视线从慕斯蛋糕移开，低着头，指着最小最便宜的那个说：“我要这个。”

大人都在夸奖我，我却无不羡慕地看着堂哥，看着他吃着那个我想吃的蛋糕。

2

后来这个堂哥去了大学，他貌不惊人，各项成绩也一般。他追了全班最漂亮的女生，还把照片给大家一一过目。那女孩，五官玲珑别致，堪称小仙女。

我们毫不留情地打击他：“这么漂亮的姑娘，背后追她的人乌泱乌泱的，几时才能轮上你？”

堂哥不屑道：“可是我只看得上她，成不成功，追一追才知道。”

几个月以后，堂哥的朋友圈里就有了与这个姑娘的亲密合照。

这个几乎和我同龄的男孩子，所有的选择几乎都是自己的第一选择，所以得到的人生也都是自己最想要的。

反观我的这些年，妥协地选择了一个不喜欢的专业，又因为妥协，选择了一份不太合适的工作。兜兜转转几个轮回，才终于回到理想的轨道。若我也像堂哥一样，弱水三千，只取一瓢饮，应该能少走不少弯路。

很多时候，我恐惧选择，因为“权衡利弊”这件事情太困难了。其实大多数时候，我的内心里已经有一个很确定的答案，可是我总是要忍不住看看它的背后有怎样的黑暗的阴影，再心不在焉地去看看其他选项背后是怎样的风景大好。

很多时候，另一个备选项就像打折的单品，虽然不是最喜欢的，但却是最划算的。于是，一步将就，步步将就。

曾经的我，总是患得患失，急于妥协。**生怕为了远处的西瓜，连手中的芝麻都错过，最后两手空空。**其实人生哪有那么多没退路的时候，古人说“船到桥头自然直”也是一个道理。错过了最想要的东西，你就会因为退而求其次而开心吗？并不会啊！你只会在无数次午夜梦回的时候，回想起心心念念的爱物，泪湿枕巾。

3

你的人生中有过妥协吗？

因为害怕追求不得，放弃了一个最吸引自己的男孩子，转投那个对你穷追不舍的男孩的怀抱。

因为害怕毕业找不到好的工作，勉为其难选择一个自己完全陌生或是厌恶的专业。

明明很想换一份工作，却总是犹豫，感觉现在的工作忍一忍也一样能继续生活。

想要在工作之余上一次插花课程，可是总觉得自己的工作太忙，而花艺培训的学费又太贵。

想要带父母和孩子去旅行一次，却总说工作占用的时间已经剥夺了游玩的权利。

我不是反对这样顺其自然的人生，这也或许是别人的第一选择，却不是你的。一旦选择了，就没有权利妄言后悔。你日思夜想的东西，自己不去争取，就不要责怪别人强取豪夺。

是你自己把人生过成了这副样子，还要怪别人总是塞给你烂摊子吗？

乖巧是没有用的，你的乖巧其实是在忤逆自己的人生。

没有人会心疼你的乖巧懂事啊，人们不会深究你的妥协背后有多少深思熟虑，他们只会仰望更高的人生，然后甩给你一句“你根本就不行”或“你的能力就到此为止”。就像古时候，大家给妇女立下了贞节牌坊，告诉她，你的丈夫走了，你就应该坐在厅堂里，哭诉着人生悲苦，然后庸庸碌碌地过完一生。

在能力范围之内，物质可以妥协，但精神不行，想要的人生、想完成的梦想都不行。

我不希望等到耄耋之年，在平淡无奇的一日回想起人生，竟没有一件事情是能让我马上嘴角上翘，让我无愧此生。

当选择只有唯一一次的时候，用“输一次”做赌注，去换取想要的人生。要么就拿到自己心仪的名次，要么就输了下次重来。对生活妥协一步，就不是想要的人生了。如果不是最好的，我宁可不要。

我想要玻璃柜台最中间的蛋糕，没有任何一块可以替代它。

讲真的，我也好想嫁入豪门

1

霍启刚和郭晶晶参加了一档真人秀，我被他们在真人秀里的表现彻底甜到了。

一个是豪门一个是冠军，一个是总裁一个是皇后，做任务的时候，霍启刚对老婆的领域如数家珍，专业术语张口就来。

任务结束时，排名靠后。霍启刚安慰郭晶晶说，名次不太理想，但是没有关系，继续努力。郭晶晶在一旁听着，那一瞬间的眼神娇羞得像个刚过门的小媳妇。

以前看天涯豪门儿媳的帖子，说郭晶晶的社会地位比老公高，当年霍家因为娶到一个奥运冠军进门脸上倍儿有光，郭晶晶算是“下嫁”。这话说得狠了点，却也侧面说明了郭晶晶的地位。

金牌拿到手软，你说是高攀？你行你上啊！

更可怕的是，就有人说："我不上啊，我就愿意这样默默在背后乱嚼舌根。"可这个品头论足的人可能连专业术语都不懂，连恶意的批判都说不出个所以然。

你知道什么叫105B（向前翻腾两周半屈体）吗？

你知道什么叫305B（反身翻腾两周半屈体）吗？

有人说女人和男人最高的境界就是：有你在的时候，他根本就舍不得看别人。**可有些人一点都不会发光，混沌得像一块深埋在地底的沙砾。让他怎么看到你啊？**

其实，综合各种报道来看，霍启刚原先就是郭晶晶的"小粉丝"。在两人还未成为情侣之前，他就经常扛着长枪短炮，去看郭晶晶的比赛。

2008年的奥运会决赛，霍启刚也在看台上。在现场，有记者采访霍启刚说，这是你看的第几场比赛？

霍启刚很认真地问："你说是这次奥运会，还是别的比赛都算？"

记者说："就这次。"

霍启刚说："四次，我每一场都在啊。"

决赛结束，郭晶晶获得冠军，霍启刚的父亲霍震霆给自己未来的儿媳妇颁奖。霍启刚在远处用力地鼓掌，听着国歌响起，眼眶泛红。

她是那么好的姑娘，能与她相配，真好。

——和她在一起，一生一世的蓝图，都已经在脑海默默地描画好。

2

讲真的，哪有什么欲戴其冠、必承其重，当你已经是王后，王冠加身，不过是理所应当。

父亲曾经与我谈到过一个他认识的女孩子。

那个姑娘当时二十几岁，拿着一手人生好牌：美院毕业，面貌秀丽，加之独特的艺术修养形成了绝佳的穿衣经，在人群中很是惹眼。

大概是天生丽质难自弃，总想着有朝一日能借此飞黄腾达，日子也能好过些。

她热衷于参加各种扩大交际面的场合，而别人讨论的事情，她又大多听不懂。听三不听两，没完没了地打岔。久而久之，大家都有些烦她。

她拜托我父亲为她介绍一些好的合伙人。不想，我父亲当年也只是个小咖，根本没能力为她带来想要的人脉。

她无心工作，每天做着嫁入豪门的美梦。久了便成了怨妇，责怪自己没有机遇，后悔当初考了个在中部地区的美院，从而没有机会认识北上广的那些达官显贵。

你以为这还是个什么样的世界？只要腰肢婀娜，便能“独得皇上恩宠”？

你当然还需要一个更好的自己。

因你优秀，所以与你比肩的人，亦优秀。

爱情难等，是因为有人站在低处，却偏偏要以仰视的姿态寻

找，累得脖子酸痛不说，还因为距离太远，看不清对方。

等结了婚，才发现臆想中的郎情妾意并未出现，于是甘心沦为生子机器，用越来越薄的子宫壁换取一点怜悯的关注。

讲真的，我也好想嫁入豪门——但这件事只可能发生在，我有足够的勇气自称是豪门的时候。

你这么喜欢抱怨，一定没吃过苦吧？

1

大学的时候，同宿舍的姑娘在爱情上遇人不淑。

我们宿舍是典型的学生宿舍，下面是书桌，上面是床，她就窝在床上，夜夜辗转，哭她再难回来的爱情。

起初，我们是真心疼她，每个人都劝慰几句。后来她的频率高了，连续几天郁郁寡欢，不思饮食。

我们理解她的付出，放学就给她打包盒饭，放在床下的书桌上。结果等我们下午放学回来，午饭还原封不动地放在桌子上，她依然带着哭腔在床上打电话。

后来我们宿舍的另一个姑娘听不下去了，在她边哭诉边闹着不吃饭的时候，狠狠地来了一句当头棒喝：

“遇到一个渣男算什么，更难的事情你都还没遇到过呢！”

后来我才神奇地发现那些把自己抱怨得像是祥林嫂转世一样的人，恰恰多是没有吃过苦的人，偶尔来一阵儿小风小浪便以为是骇浪惊涛。

我很伤心，我很难过，但我不能每天二十四个小时都在掉眼泪，也不能走着走着就突然崩溃，坐在马路牙子上大哭，多在夜半无人的时候边哭边把明天需要的文件整理好，然后告诉自己：晚安了，明天又是新的一天。

而你这么喜欢抱怨，一定没吃过苦吧！

2

我身边有个朋友，父母离异得早，各自组建了家庭并有了属于新家庭的孩子。爸爸一个家，妈妈一个家，她夹在中间，成为无论放在哪里都名不正言不顺的一个孩子。

她被父母放在角落，就像可有可无的摆件。这种不知道放在哪里的孩子，送出国眼不见心不烦当然是最好的办法。于是她远离家庭，在陌生的环境生活。

可我第一次见到她的时候，她是那样优秀的女孩子——站在人群里，配合手势说着流畅的英文，逻辑清晰，反应迅速。

以至于后来有读者向我讲述原生家庭的难，我都忍不住会想到她。

有一次我问她，难道从小到大都没有一刻，在内心里质问过为何自己出生在这样的原生家庭？

她笑了笑，云淡风轻地说："当然怨恨过，后来太忙了，也就忘了。"

——我没时间为过去的事而伤心，我有太多事情要忙了，我有太多未来在等着我。

并不是不再怨恨，也不是学会谅解。对待已经发生的事，谅解也好，不谅解也罢，不能让它影响自己现在以及未来的生活。为了已知的过去牺牲未知的将来，是最愚蠢的行为。

3

少年时看《倚天屠龙记》，对那些江湖恩怨不甚了解，却十分不喜欢周芷若。

周姑娘有个喜好，就是喜欢当着别人的面说自己命苦。

"我是个最不中用的女子……"

"我是个孤苦伶仃的女孩儿家……"

"我是一生一世受定你的欺侮啦……"

"无穷岁月之中，给你欺侮，受你的气……"

"我是怨自己命苦，不是怪你……"

时过境迁，再看《倚天屠龙记》，才发现她也是个顶顶厉害的女子，汉水灵气，蛾眉仙风，全眷顾她一人，只在"抱怨"这点上显得过于像弱质女流。

要知道，如果在《倚天屠龙记》中办一个"最命苦主人公"大选，怎么也轮不到她周芷若。况且，江湖之大，谁不曾有几日身处困境，正如张无忌所说“咱们大家命苦”。

或许她的爱情惨败并不至此，但倘若我是张无忌，谅我武功盖世，即便当年“一方丝帕，喂饭之恩”，也不一定能接受周芷若不舍昼夜地在自己枕边吹负能量的耳边风。

电影《素媛》的结局，有一行小字：最孤独的人最亲切，最难过的人笑得最灿烂，因为他们不愿身边的人承受一样的痛苦。

强调苦难是最愚蠢的一件事，一方面是不停地给自己一种心理暗示，不停强化苦难，最终“小苦成大苦，小难成大难”；一方面也给未来的自己找了个示弱的台阶，告诉自己：你可以输，你可以失败，你可以不努力，这都是因为命运一开始就没有厚待过你。然后沉湎在这种不努力的自我满足感里，觉得自己的懈怠都是事出有因。

你看！我本就是这么命苦、不中用、总被人欺负的弱者。你看！命运从一开始就没给我好牌，怎么可能“打胡”？

没有人是因为在起跑线上摔了一跤而无法跑完全程。人生很长，只要你愿意等，永远有新的翻盘机会。

真正经历过苦难的人不抱怨，因为抱怨于己于人都是无用功。它既不能改写过去，也不能助长未来。

曾听老人说过一句话，我觉得甚是有理：你挂在嘴边的抱怨，就会是你未来的人生。

口红是女孩的成人礼

前些日子，看到一条八卦新闻。林更新在节目中说了一句话："口红这么便宜？就两三百块？那为什么要说女生败家呢？那这不是随便买……"

口红这个东西，是什么时候成了黏人的小妖精呢？

小时候学舞蹈，最期待的就是要上台前，老师拿着口红，一个一个地抹过来。大家噘着肉嘟嘟的小嘴，一大堆小手忙慌慌地在队伍里挥着，"老师！我的口红还没抹！"不管不顾地，只怕老师来不及抹，或者因为人多漏过了自己。

每次演出前，我都必须交代我妈一定要在台口等着，带一支口红，颜色最亮最重的那一种，只要看见我来就往我嘴上抹。上了台之后，更是不敢张嘴了，全程只记得噘着嘴，连舞步都忘了。

现在我们还会偶尔说到，小时候一旦涂上了口红，就像拎住了猫的后脊梁，一瞬间从一个泼猴似的熊孩子，变成了安分守己的假淑女。

只要涂了口红，就像是中了某种神奇的魔法，能让人一夜倾城。

我一直以为只有我一个人是这样的，后来大家偶尔谈起，才发现原来每个姑娘，都有将口红奉为神物的童年时代——甚至还有现在看过去已经是糙汉的“当年小正太”。

口红是每个女孩子对这个世界欲望的开始，这种欲望一点也不媚俗地令人讨厌，相反，它充满了一种跃跃欲试的生机。

有了一支口红，需要漂亮的底妆，完美的眼线，高高的眉峰，需要成为一个更好的女子与之相配——这是只有女人能够明白的女人的逻辑。

有人说：每一个男人都要感谢口红这个发明。品牌高端但价格较低，三百五百不算多，五百八百不算贵，而且女孩子绝对不会嫌弃。下到高中生，上到上班族也都负担得起。逢年过节来一支，生日重逢来一支，哄她开心来一支，道歉认错来一支，关键是型号众多，一辈子都送不完。

口红是每个女孩最容易得到的，也最有可能是一生中的第一个名牌。

偶尔来一支口红，就好像男人开了一瓶伏特加。夜深人静的时候，一杯烈酒下肚，回味无穷。

还记得我买第一支口红是在高中毕业。那时候我高考刚结束，去了当地的一所补习学校担任作文老师，赚了点小钱，阴差阳错地上特卖网站拍了名牌的口红，不过一百多块钱。

第一次拿到名牌口红的下午，夕阳很好。看着烫金的logo，再小心翼翼地试个色，感觉像得到了全世界。

真好用啊！所以以后要成为真正用得起这样口红的人。我心里说。

奢侈品之所以珍贵，不在于其他，只在于它代表所有你无法企及的世界，代表着具象之后的梦想。就像女孩儿总是梦想着一瓶法国香水和一个LV包包。

真正拿到的时候，也许你会说不过如此。真正值得的，其实是你曾经为此而付出的努力。

每个人都在为跨越自己所处的阶层奋斗终生，现在社会把这种人的隐望活生生地剥离出来，赤裸裸地摊在人们的面前，大家相视一笑，“哦，原来大伙儿都是这么想的啊！”

这有什么关系，想要用好的东西，想要过好的人生，这并不丢脸啊！

口红也见证了女孩们的成长。

红色系粉色系棕色系橘色系紫色系保湿的持久的绸光的亚光的亮泽的唇膏唇彩唇蜜唇釉唇线笔……还有不同品牌的同一色号，同一品牌的不同色号对于一个使用过它的姑娘来说，都有着不同的意义。

我记得我刚刚上大学的时候，特别喜欢用浅粉色的口红。那时候的我青涩害羞，畏首畏尾，总是怕自己做得不够好，怕别人发现了我身上的芒刺。把自己伪装在人群里，涂着与我唇色相近的浅粉色最令我安心。

后来我逐渐熟门熟路了，就有了老油条的心态，觉得自己无所不能。最希望自己站在暗处，都能被所有的人看到。那时候我经常去参加一些社团的活动或是学校的活动，涂着亮泽的唇釉，写着一脸“舍我其谁”。

现在的我似乎又有一些变化。先“不夺人言亦不居人后”，墨守成规地完成八成，再纵观本心，择己所爱。就像是去别人家“吃酒”，我总要先看看隔壁桌怎么做，再挑选自己喜欢的品类吃。亚光显气色、清爽不脱色的口红成了我的首选。

但这四平八稳会不会是我未来的生活，我并不知道。或许有一天，我还会遇到一款更适合自己的口红。

作为要陪伴女人一生的东西，口红静静地在梳妆台上，见证着每个人从女孩到女人的成长蜕变。

口红不仅是改变。在女孩长大以后，它甚至还代表着某种重视程度。

我属于天生唇色非常淡，淡到嘴唇明明长在嘴上，就好像没有似的。

作为一个天生黑皮的少女，还容易被人嘲笑“黑人都这种青紫色唇”。每次涂完口红出门，我就好像在告诉自己：是啊，我准备开始等那个人了，我想要遇见那个人了，我已经做好准备遇到他了。

因为那是我每天一抬眼就能看到的，活色生香的自己。

在等的那个人，能不能提前告诉我哪一天来，我好化个浓妆、贴好假睫毛，再把好久没用的日抛隐形眼镜拿出来。

如果这些都没有，至少见你的时候有一支口红。

真正的修养，是接纳和自己不同的人

大学的时候，周末我都去培训学校给学生上课。每周末，我六点起床，早早地开始备课，乘远郊公交线路去市区。

通常这时候，同宿舍的一个家境不太好的姑娘正懒洋洋地翻了个身，发出几声带着睡意的嗳气声，继续睡。看着姑娘整天睡懒觉，不去打工赚生活费，我莫名地生气。

姑娘家贫，每年必申请助学贷款。偏偏我又在助学贷款的审核小组，每次都能看到她那如泣如诉的个人家庭情况。

这样的误会存在了很久，后来在一次聊天中我才了解到她真实的家庭情况。

家里本来就不怎么支持她读书，复读两年已经是仁至义尽了，未来怎么样全靠自己去拼搏了。

可在这个初来乍到的城市里，能言善辩这类的软实力是个太虚幻的标准，她只能努力把成绩提高，争取考研究生，获得谁也夺不走的硬实力。

“我什么背景都没有，未来到职场上能给我加分的只有我的学历了。”

我只看到的那些赖床不起的早上，却没看到前一天挑灯夜战的夜晚。

我还抱着体验生活的观念去做可能对未来并没有太大意义的家教，她已经要在压力之下开始谋划未来的生活。

她一样在努力，用的是和我不一样的方式而已。

她真的没有办法听你谈那些关于独立的话题，那可能会在她未来的某天发生，但并不是现在。

真正的修养，是接纳和自己不同的人。

菲茨杰拉德在《了不起的盖茨比》中写过一句话：我年纪还轻，阅历不深的时候，我父亲教导过我一句话，我至今还念念不忘。那就是，每逢你想要批评任何人的时候，你就记住，这个世界上所有的人，并不是个个都有过你拥有的那些优越条件。

年少轻狂时，爱打诳语：

谁再说某某烂电影好，就拉黑他。

你怎么会看那么肤浅的书、听那种烂大街的音乐？

道不同不相为谋，那么若即若离就好，甚至老死不相往来也好。非要挂在嘴边，就相当于把能力分出三六九等，言下之意是“你不配和我论长短”。

——你只知道斥责我的不同，但你不知道我经历过了什么。

而所谓的三观，没有对不对，只有合不合。

有些人，喜欢嘴上说着接纳，背后却暗暗戳人脊梁骨，遇到事情恨不得用这个标签把对方彻底撇干净，和伪君子无异。

曾经接触过一个单亲家庭的女孩子，从小到大她都要在家长信息那一栏写两个人的名字，身边的人也从来不知道她成长于单亲的家庭。

问及原因，她说母亲告诉她，别人嘴上说着同情你，甚至为此给了你很多好处，如果你是他们的结婚对象，他们就马上犹豫了。

未来婚姻美满，别人会说，她就是太缺爱才会努力维持着这段婚姻。万一婚姻不美满，闲言碎语就更多了。

本来只是一桩平凡事，却在人言中成了缺陷。

她说到这儿，我竟然有些惭愧。平时写文章，有时也会标签化某种人群。

为了显示自己的大度，假装投入欣赏，却在内心里把他们划入另外一个阵营。

一个好的世界，是给你提供了充分表达自己观点的机会。而一个好的自我，就是当你听见别人和自己不同的意见的时候，能不愠不恼，不必强装接受，而视作理所当然。

小到对于一部电影、一首歌的评价，大到他人性取向、价值观，都能侧耳倾听别人的观点而不去论断错误。

这世上只能用正反、黑白分清的事实在太少，大多都介乎于可左可右的中间线上。

而大多数的“我认为对的”“我认为好的”，不过站在自我的角度上强行论断。

我特别怀念我第一次从小城市到了北京的感觉。

那时候我还是个小孩子，来北京参加一个书画展览，看到一个佝偻的女人，身高只到我的肩膀。

她是个普通的看展人，穿着一身大红，颈上挂着那时候看起来很昂贵的相机，云淡风轻地从我面前走过。

没有任何人向她投去奇怪的目光——没有人嘲笑她弓着背的样子，也没有人刻意夸奖她的身残志坚。谁都不知道她是谁，也不好奇她是谁。

所有人都是一种司空见惯的表情：不过是一个拿着相机的普通人啊！

那时候还不太清楚“修养”的含义，但我觉得那一刻，在所有看展人脸上写着的就是“修养”。

真正的修养，是接纳和自己不同的人。无论是外在容貌，还是内在观念。而这种修养再说得具体，就是不用这种不同点作为划分人群的标志。

每个站在我面前的人，他首先应该是个普通人。其次，他是一个有自我观点的普通人，这就足够了。

至于观点是什么，实在是不用计较。若能遥相呼应自然极好，若有所分歧，衷心说一句：真感谢你，让我看到了另一个世界。

爱≠包容

八哥最近跟女朋友蔡小姐吵了一架，理由听起来贻笑大方：蔡小姐长胖了十斤。

连我们这些做朋友的，都取笑他是渣男范本："人家只是长胖了几斤，就如此讲究。那要是七老八十、人老珠黄之后怎么办？"

他抽了根闷烟，翻出蔡小姐发给他的一篇情感文章。

文章讲的是张智霖和袁咏仪之间的故事，其中有一段张智霖的访谈：

"一个美女能有多美呢，那个女孩十八岁，美如天仙、貌美如花、青春美丽，你一下子想到她变成四十八岁，没可能永远都是蜜月期。回想最初你和你老婆刚在一起的时候，不也觉得她很美吗？倒不如让那种感觉一直记在脑里，用不同的方法去牢牢地记住。”

我们都夸蔡小姐聪明，这一招“润物细无声”的反击用得漂亮。

八哥却叹了口气，说起了缘由。

他刚认识蔡小姐的时候，对方是众星捧月的小才女。丰乳肥臀，人也不自傲。蔡小姐参加了许多学校社团，为了妥善安排时间，还列了个计划表。这张满满当当的计划表在年级间传阅，作为学弟学妹学习的榜样。她每周至少有三个晚上泡在健身房里，作为一个不太喜欢运动的姑娘，运动单纯是为了保持身材，让自己变得更好。

那时候的蔡小姐，对于成为更好的自己，有一种近乎偏执的追求。而那时候的八哥还是个愣头青，喜欢极了她这个劲头。

可是这几年，爱情趋于稳定。八哥发现，蔡小姐就好像泄了气的皮球，那股子冲上云霄的劲头没有了。身材的走样是第一步，随之而来的是全部生活的垮塌，对经营生活丧失了兴趣。

八哥说，他不介意蔡小姐的四十岁是什么样子，只希望她的二十多岁能像从前那样，至少活出点自己的样子，而不是像达成一个目标一样自我放弃。

没有人敢在爱里说一句真话，那时我们光顾着巧舌如簧，谈美、谈爱、谈风花雪月、谈海枯石烂。彼此都舍不得承认，原来爱一个人并不能代表着接纳和包容他或她的全部，每个人都在计算着得失因果，希望一加一大于二。

以前我兼职的培训机构，有一个全职的美术男老师。他住在培训机构的教师宿舍里，一套三室二厅的其中一间。

男孩很勤快，除了做培训机构的工作，还接些外包的单子。

他带来了个同居的女孩子。起初大家都是不太同意的，毕竟这样的小房子里，多一个人难免显得更拥挤。

但姑娘来后，在窗台上种了花花草草，买了个小鱼缸养上了金鱼，还绣了个花巾盖住大厅里破旧的公用电视。

她每日兢兢业业地伺候着生活，顺便把一群人的日子带头过得干净漂亮。起初不同意的室友们也渐渐改了口风。

男孩攒了点小钱就带女孩一起出去走走。去的都是些小地方，但找好角度也能拍出不错的照片，发在朋友圈里，权当是“旅游”过了。

可是过了一段时间，那个曾经对生活抱有极大热情的男孩子，突然沉湎于酒局，也不再动笔。女孩气得不行，常常苦口婆心地劝男孩重新捡回画笔，但男孩如听耳边风。

终于在一次酒醉后，男孩说了句心里话：“她就是嫌我穷，她觉得我搁了画笔就养不活她！”

其实，少有人不爱钱，同样的也少有人只爱钱。

当初一贫如洗，她愿意陪你天涯海角担惊受怕、风餐露宿，陪你一起补屋顶、修铁锅。真怕受穷的姑娘，根本不会陪你走到今天。

她无法接受的，是你放弃未来。

原先身处陋室，能够看到光明的未来，而现在极目远眺，也只是一片云里雾里。还拿青春去赌吗？当然不。

爱情是双方的包容。这代表着我能包容所有你现有的、已经无法更改的问题。

这包括家庭经济条件欠佳、原生家庭缺陷、天生容貌的缺陷，可至少要有开拓未来生活的野心，而不是摆出一副任命运宰割的模样。

古代的女子嫁了人是要冠夫姓的，二人合为一家。现在早已不是谁冠谁的姓，两个人的结合是精确地测量完距离，重新画了一条起跑线。

一个人自甘堕落节节败退，拉低两个人共同的生活质量，越跑越慢，被对手远远甩开。这也勿怪另一个人不够包容。

无论是如何情深似海，爱情的包容一定是有限的。它不似亲情，会罩着一层柔软的光环，随时随地等待着浪子回头。

其实爱的包容度从始至终都是一样的，并不因为恋爱的热度而升高或降低太多。

只是随着时间的变化，一方开始慢慢懈怠。这时候爱情就拉起警报，提醒你对爱的包容不够。

无论如何，不要去透支这一份包容。普通人真的没有太多在爱情里恣意妄为的资本。

做一个有未来的人和另一半一起去享受一段有未来的爱情，不要每天站在岸上，祈祷越来越差的自己也能够得到对方的包容。

叫你『丫头』就是喜欢你了

1

几年前，我去参加了一个局。组局的那个姑娘叫铃铛。

那个局挺特别的，来的都是铃铛的一些新朋旧友，我们这群老朋友又带了一些新的朋友，便成了一个大局，大家年龄相仿，虽是初次见面，倒也聊得挺投机。

我带去的一个朋友叫嬷嬷，是我的老学长。那天一到场，他就看着铃铛，两眼发直。之后帮铃铛去门口搬啤酒，帮铃铛收拾礼花筒里落下的礼花，勤快地打着下手。

他看着铃铛全程忙里忙外。酒酣壮人胆，他假借着喝高说道：“丫头，什么事情都自己做，很辛苦啊！”

之后他们就开始了很长一段时间的微信交流，一个用着敬语，另一个喊着丫头。

好像一切都是意料之中的，他们恋爱了。嬷嬷说，第一眼见到铃铛，看着她个子小小，忙里忙外，就忍不住想叫她“丫头”。

2

有的时候，我们经常会看到一对恋人未满的男女，不时用一些暧昧的称呼。

叫你“丫头”就是喜欢你了，就像青梅竹马时，一有了好感就与对方兄妹相称，“哥哥”来，“妹妹”去，甚是亲切。

“宝贝”太肉麻，“亲爱的”太亲密，“honey”更是显得太做作。思来想去，最合适的还是“丫头”。念及这两个字，便有一种强烈的呵护欲望跃然纸上。

爱情是彼此天生的占有欲，这种占有欲，体现在，无论他是否强大，都希望能够保护另一半。

3

早恋的画面时常是这样的：同班的一对情侣，女孩姓朱，男孩便叫女孩“小猪”。女孩气不过，拿两个小拳头使劲往男生身上砸。

在爱情还未掺杂许多复杂的元素的时候，很多情话含在嘴边却羞于说出口，长长短短的情书也不知道如何写就，那是最纯真的爱情的模样。

喊着更为亲切的名字，证明着更为亲切的关系。

但也经常出现一种人——明明我们的关系还没有到那个地步，他就自顾自地发明了许多传情达意的说话方式。

无论女方是否愿意，他都一意孤行地呼唤着她的昵称。在女伴们看来，简直是要得“尴尬癌”。

不会“撩妹”，硬要“强撩”。这样的姿态有时候看上去会挺可爱，却常常带来不小的困扰。

你别这么叫我，你越叫我越觉得有些大事不妙，你却总把拒绝当成是欲擒故纵。

爱情的开始都附和着默不作声的暧昧。

两个不越界的人，谁先松了口，谁就往前迈了最难的一步。

但愿每一句柔软的“丫头”都有回应。

你的脸上标着自己的『恋爱分数』

前段时间在工作中认识了这样一个朋友：

她高中毕业后勉强获得了一个同等学力的文凭。刚开始找工作四处碰壁，换过好几份工作，靠着自己的打拼慢慢走上正轨，在职场上完全不输给同龄的高学历毕业者。

与她熟识之后，我反倒觉得她能从低起点开始慢慢发展成为众人艳羡的对象是理所当然。她很上进，人也相当聪明，属于双商皆高的类型。

有一次，我实在忍不住好奇，问她当年为什么只读到高中，是不是因为家庭条件不允许？

朋友叹了一口气，说起了当年的情形。

她曾经是个乖乖女，成绩虽然说不上拔尖也能在年级排得上名次。

那时候她经历了人生中唯一的一次叛逆——喜欢上了不良少年。

她回忆时说：“那爱情有多好，你根本不知道。”

不良少年抽烟、打架、喝酒、旷课，可独独对她极尽温柔。乖乖女正被学业和家长压得喘不过气来，未曾见过这样自由自在的阵仗，一时贪“坏”，便跟着走了。

临近毕业的时候，那男的在操场上抱头痛哭：

“你要是考进了很好的学校，我就没有办法永远和你在一起了。到时候你肯定会不要我，你的父母也会让我不要和你在一起。你就是不尊重我们这段忠贞不渝的情感。”

她闻言，一下子就动了恻隐之心。

她知道男孩家世不好，自幼缺乏保护。就花更多时间陪伴他，更全心全意地照顾他，旷课陪他出入一些乌烟瘴气的场合，认识他的一帮大佬兄弟。

这当然也引起了周围人的注意。她被老师找来面谈，家里没收了手机，父亲差点要把她禁足在家。她一副视死如归的样子，认为这都是局外人的多管闲事。

“你们又不了解他”成了她反驳任何质疑的必备说辞。

结果当然是现在的自食其果。

或许那场爱情真的火树银花足够美好，或许他当年是真的爱她，但是当时的少年并不知道怎么做才是真的对她好。

女人年轻时常是一张白纸。为了讨好自己喜欢的男人，就千方百计地变成他喜欢的样子。

一个人新交的男女朋友好不好，看看她热恋后的改变就知道。

我见过有些女孩子结交了安全感缺失的男朋友，对方偶尔还会有一些言语或行为上的暴力倾向，动不动就疑神疑鬼。这使女生在爱情的催化下对男朋友产生一种怜悯和爱惜，她人工屏蔽了任何会让男朋友的安全感缺失症爆发的事，甚至让闺密替她隐瞒，企图用自己的步步为营来稳固对方的安全感。

可是真正的安全感恰恰不是靠另一半来给予的，日复一日，女生也深陷于失去安全感的泥淖中。

也有女生结交了没有责任感的男生。本来在大家眼里非常轻松自由的姑娘，在谈了一场恋爱之后，突然变成了无所不能的女金刚。

女生以为这种转变是她自愿做出的，但大家看到的事实是，男方一而再再而三地逃避责任，让女生开始习惯将两个人的重担都压到了自己肩上，为伊消得人憔悴。

有太多的例子摆在眼前，告诉姑娘们被家人朋友全然反对的爱情，就要放小脑瓜里多想几遍。

好胜心强的时候，常会说“你们根本就不知道事情的前因后果，凭什么反对”或者“你们见过他几次，你了解他还是我了解他”。

确实，家人朋友们可能连对方长什么样都不清楚，或者仅仅限于几次饭桌之交。但他们熟悉你，从你的变化中就能看出对方是什么样的人，因为你的脸上的恋爱成绩不及格。

一般来说，热恋的前三个月最为甜蜜，双方处在磨合期，周围的人还看不出端倪。而交往半年左右的时候，两个人已经交换了彼此的习惯，产生了一些微妙的变化。但因为被爱情迷雾困扰，当事人不容易看出来，而周围的人感觉就相当明显。

有的人因为一段新的恋情，而完成了自我的查缺补漏，完成自我性格的正向转变。

而有些人即使感受到了自己的负面转变，也咬紧牙关不愿放弃。

其实，你觉得放弃很痛，但你不知道用尽全力爱过后的放弃更痛。

每个人都以为爱情是独属于自己的，但它的打分体系太独特，更多的时候你可能需要一面镜子。

5

没有一种生活
叫“最好的生活”

别神化任何一种生活，将它想象得独一无二。你不是为了活成一个童话存在的，头上的星光和脚下的泥土一起，筑成一个活生生的你。只要你能对自己的生活负责任，它就是好的生活。

没有一种生活叫『最好的生活』

父亲的朋友在乡下买了一大片田，塑了一个八十平方米的玻璃房子外加二百平方米的葡萄园。我去看了几次，心生艳羡。

屋子冬暖夏凉，出门便是山水，耳闻莺歌虫鸣，颇有世外高人的风范。

居住其间，就能明白当年东坡先生的所言：宁可食无肉，不可居无竹。整个人都飘飘欲仙起来。

大家都开玩笑地说，这就算是“农村包围城市”的最高境界了。

过了一阵子，别人又在酒桌上说起这事，那位前辈竟然忙不迭地倒起苦水来：

“哎，也不就那样吗？以前房东留下来的葡萄藤都蔫儿了，我们也不知道该怎么办，花草也侍弄不活；每周末开车回去一趟，房子都是空置着的，风吹雨淋玻璃都花了，看出去雾蒙蒙的一片。”

“原本想在远离喧嚣的地方让孩子在大自然里成长，结果，周围的孩子都和她融不到一块儿去，女儿还是爱她带来的游戏和漫画，并不觉得这样自在的生活有多开心，反而成天嚷嚷着没有Wi-Fi。”

“是不是选错了呢？”他搔着头问我们。

现在想想，其实生活在什么时候都没有错，只是我们常常把某一种生活想得太好了。

少年的时候总觉得好的生活就在不远处，只要勇猛地披荆斩棘，度过重重关山，马上就能得见。

小时候不喜欢读书，父母就对我们说：“考上大学就好了。”而真正到了大学，很多人都开始迷茫，“难道这就是我苦读多年，所追求的生活吗？”

原来金榜题名只是帮你过滤掉了一小批人，该战斗的生活还是得战斗——甚至不能说是过滤，因为那一小批的人，如果你稍不努力，他们依然可能成为你的老板。

就算战战兢兢、磕磕碰碰，终于摸爬滚打到了职场也是一样。我们中间的大部分人，没有曲筱绡的命，空有着一颗想要成为安迪的心，却长着小蚯蚓的脑袋，只能活成在想象的生活中亦步亦趋的樊胜美。

前段时间，一部叫《小森林》的日剧火了。戏里的日本乡村，宁静安谧，近似阿宝色的森林里透着点点萤火。女主角缓缓行于田垄之上，勾起了无数人对乡村田园生活的向往。

但我看到了一条画风截然不同的评论：

“如果女主角每天都像这样扛着锄头，日出而作，日落而息，为什么手上会没有老茧？”

是啊，倘若你执意要收获乡村盛景，且不谈内心是否丰盈，都还必须有一双拿锄头的手，和一双常下地的脚。

这就是你为自己想要的生活付出的代价。

别神化任何一种生活，将它想象得独一无二。

你不是为了活成一个童话存在的，头上的星光和脚下的泥土一起，筑成一个活生生的你。

只要你能对自己的生活负责任，它就是好的生活。

前一阵子正好听说婺源的油菜花开了，我就拽着朋友千里迢迢地去了油菜花田，结果被咬成一条都是花斑的腊肠，一路上奇痒难忍。

其实油菜花真的没有那么好看，我们到的时候，它们不知道是怎么了，打蔫儿着、垂头丧气着，好似在故意气我们，“你们想得倒是美，好吧，我偏偏要丑给你看”。

可是那一天我们真的挺开心的。到达了曾经想过的远方，即使它没有想象中的好，我们也心生欢喜。

这欢喜不是为了别人，而是为了自己。欢喜的是自己说走就走的勇气，欢喜的是一路上识人无数，欢喜的是我终于可以大声地反驳别人：“那个地方根本没有这么好！”

小时候读过一篇童话。

一只小青蛙看远处的凹地闪闪发光，于是经过千难万险到达彼岸，却发现那只是霞光为它披上的金衣，近处一看，还是个破破烂烂的臭水沟子。

因为遥远，所以“另一种生活”总是璀璨闪亮着。

而我不想要摘遥远的星星，只想要尘世的幸福。

向杨绛先生学习，做『最美的妻，最才的女』

世人认识杨绛，多始于钱锺书那句“最美的妻，最才的女”。

然，一个被称之为“先生”的女子，过人之处自然不限于此。

此“美”如何美？此“才”如何才？钱老胸怀珠玉，默默无多言。**但清透的女子如同珍珠，未开蚌壳，便已光芒四射，让四方得以窥探究竟**。

1

杨绛少年时代，与费孝通熟识。两人在中学和大学都同班，有男生追求杨绛，费孝通便对他们说：“我跟杨季康是老同学了，早就跟她认识，你们追她，得走我的门路。”杨季康是杨绛的本名。

日后，杨绛与钱锺书缘起一面。钱锺书第一次见到杨绛就急切地澄清道："外界传说我已经订婚，这不是事实，请你不要相信。"杨绛也趁机说明："坊间传闻追我的男孩子有孔门弟子七十二之多，也有人说费孝通是我的男朋友，这也不是事实。"**初次见面，二人坦诚相待，此为君子相交之道。男女之情，始于清白。**

后来，钱杨二人相恋。费孝通来清华大学找杨绛"吵架"。认为以这么多年的"朋友情谊"，自己更有资格做杨绛的男朋友。

费老直到晚年作文时，还把杨绛称为自己的初恋女友，杨绛直言："费的初恋不是我的初恋。"彻底撇清为暗恋一场。钱锺书去世后，费孝通去拜访杨绛，送他下楼时，杨绛一语双关：**"楼梯不好走，你以后也不要再知难而上了。"**

当年初见，那身着青布大褂、脚踏毛底布鞋的少年入了心头，从此他人是路人。

2

1935年，杨绛陪丈夫去英国牛津就读。起初，杨绛因为不适应异国的生活，加之乡愁满怀，略感疲惫。

一天早上，杨绛还在睡梦中，钱锺书就已起床煮了鸡蛋，烤了面包，热了牛奶，还泡了醇香的红茶，笨手笨脚地把一张用餐小桌支在床上，让睡眼惺忪的杨绛坐在床上就可以随意享用了。杨绛曾在文章中这样描述她的丈夫："他不会打蝴蝶结，分不清左脚右脚，拿筷子只会像小孩儿那样一把抓。"

丈夫"笨拙"如此，杨绛却幸福地说："这是我吃过的最香的

早饭。”

她也常赞扬丈夫的体己：“钱锺书知我爱面子，大家闺秀第一次挎个菜篮子出门有点难为情，特陪我同去小菜场。两人有说有笑买了菜，也见识到社会一角的众生百相。他怕我太劳累，自己关上卫生间的门悄悄洗衣服，当然洗得一塌糊涂，统统得重洗，让我感动。”

两个人相处，不妨把对于诸多小事的感恩放在心头，挂在嘴边。**爱绝不是闭门造车**。**古人说“暗送秋波”，虽说是“暗送”，总要有一方赠予，才有一方接纳**。

3

杨绛和钱锺书时常展开读书竞赛，比谁读的书多。通常情况下，两人所读的册数不相上下。

有一次，钱锺书和杨绛交流阅读心得：“一本书，第二遍再读，总会发现读第一遍时会有许多疏忽。最精彩的句子，要读几遍之后才会发现。”杨绛不以为然，说：“这是你的读法。我倒是更随性，好书多看几遍，不感兴趣的书则浏览一番即可。”

杨绛曾提过，钱锺书形容自己“没有大的志气，只想贡献一生，做做学问”。这点和她志趣相同。

他们以兴趣的契合换来高质量的两情相悦。

4

1942年年底，杨绛创作的话剧《称心如意》在金都大戏院上演后，一鸣惊人，迅速走红。钱锺书在文化圈里被人介绍为“杨绛的丈夫”。

钱锺书正当事业如日中天之时，却对杨绛说：“我想写一部长篇小说，你支持吗？”

杨绛非但不抵触，反倒大为高兴，急忙忙地催他赶紧写。为此，钱锺书减少了授课时间，慢慢地，支撑家中开支有些吃力，杨绛便把家里的女佣辞退了，自己包揽了所有的家务活，一会儿劈柴木刺扎进了皮肉，一会儿又烫起了泡。连老圃先生都心疼自己花这么多心血培养的宝贝女儿，在钱家做不花钱的老妈子。

有人问杨绛：“您是在开明家庭和教育中长大的新女性，和钱锺书先生结婚后，进门却需对公婆行叩拜礼，学习做媳妇，这个转换的动力来自哪里？您可有什么良言贡献给备受困扰的现代婚姻？”

杨绛答道：“我由宽裕的娘家嫁到寒素的钱家做媳妇，从旧俗，行旧礼，一点没有下嫁的感觉。叩拜不过跪一下，礼节而已，和鞠躬没多大分别。”

下嫁不过是你们的一己之见，我们如何恩爱潇洒，岂是你们随意断言？**从旧俗，行旧礼，并不代表下嫁，真正门当户对的，是心灵的并驾齐驱**。

从我们俩，到我们仨，到“1997年早春，阿瑗去世。1998年岁末，锺书去世。我们三人就此失散了。现在，只剩下我一个”。

如今终于九九归一，她在这世界上站完了最后一班岗，如她所言“打扫”了这昏昏欲睡的人间，终是举家团圆了。

我们仨的故事，剧终了。

你需要像刀子一样的善良

聪明人的善良，是以护住自己为基础，对好物好人好事悉心珍藏，但仇人相见也分外眼红，短兵相接也毫不手软。

前一段时间有一个演讲特别火，一个女警察说，在那些参与校园暴力的孩子中，很多人的出发点都没有那么邪恶。

他们太多所谓的义气、友情，或者是因为不懂拒绝，或者是因为害怕被孤立，害怕被朋友评价为胆小鬼。

女警察的演讲中有一句话令我印象深刻：友谊的小船有时候会迷航，有时候会失去方向，但无论何时，都要勇敢地打翻那些“友谊的小贼船”。

一味妥协换取皆大欢喜，总有一天你会发现身边的所有人都高兴了，唯独你自己是最不开心的一个。

愚人的善良是蒙昧的懦弱，不断地突破自己的底线，一边安慰着自己“吃亏是福”，一边违心地进行各式各样的退让，毫无是非观念。

含着刀过一生，才能保护自己的善良。

小时候，爷爷说“**不答应他人是一恼，答应他人是百恼**”，现在想想甚是在理。

在恰当的时候，就应该亮出你的刀子，告诉他：你越界了。

我们家隔壁曾经住着一个中年女人，早年投资房产赚了一点钱，年近不惑，无儿无女，想着要拿出一些钱做善事以慰内心。

她认捐了一个穷学生，每个月固定转一笔钱给他作为学杂费和生活费。穷学生当然感恩戴德，经常寄来书信汇报成绩。邻居也很高兴，学生每每来信，都要逐字逐句地读完，骄傲得不行。

学生到了高三的时候无心向学，高考成绩一般。本可以上一所比较好的大专，学一门不错的手艺，可学生坚持要去对于普通家庭来说都收费不菲的三本大学。

双方沟通了一番，学生坚持，邻居也就没有再计较。好事做到底，邻居履约将学生供到了大学毕业。

毕业之后，按照之前的约定，帮扶已经停止。学生找工作屡屡碰壁，在这个节骨眼上，这家人就想到了我邻居。

一家人跋山涉水而来，在邻居家吃住了好几天不说，还下跪请求邻居给孩子找份好工作，理由是：这么多年你都帮下来了，总不能看着这孩子毁于一旦吧？

邻居心好，千辛万苦又帮助孩子找到了一家私人企业落脚，心想这下总算安心了。

孩子的爹妈可不满意了，打电话时拐弯抹角地说了些话。邻居能听得明白，大意就是：

“你就是不愿出力，换你自己的亲生娃娃能这样？放着城里那么多能吹吹空调、喝喝茶就能躺着收钱的大好单位你不介绍，偏偏介绍我娃去一个又苦又累又名不见经传的单位。要早知道是这个结果，还不如不要你介绍。”

邻居欲哭无泪，这么多年下来，花钱买了个无底洞。

其实早该有人告诉邻居：该停了。

当他开始对你过度索取的时候，你就应该义正词严地告诉他，别往前走了，我有刀。

我从小到大最经常听到的夸奖的话，就是性格好。

老人家说这话或许有几分诚意，但同龄人说起这话就有些意味深长、话中有话，潜台词是“你这个人不懂反抗，特别好欺负”。

我刚进职场的时候是个软柿子，谁见了都想捏一把的那种。因为在学校里培养起的热心肠，我只要一有空闲，看到谁在干活都要上去问一句："在做什么？我能不能帮你？"

每天早上一进办公室，就有不知道是叫什么名字的老师过来说："小林啊，你去外面把开水都打一下。"然后我就拿着热水壶扑腾扑腾地跑去开水间，把几个科室的热水都倒好。

我正在一旁为案头工作忙得焦头烂额，其他科室的人就进来问："小林有没有在呀，赶快出来帮我把资料整一下。"

软柿子的特质被人发觉之后，大家就变本加厉起来。

有时，同期进来的实习生会打友情牌私下把未完成的工作塞给我，再拿去向老板邀功。而那明明是她分内的工作，无论我做多少，都算是她的既得利益。

更令人语塞的是，有的时候我在帮别人完成工作时，接到了自己的新工作，就恳求对方协助我一起完成。对方一脸无辜：可是这并不是我的事儿啊？你怎么能叫我做呢？

后来，我发现她们是对的。关键时候掏出刀子作势一次，即便不用，对方也再也不敢招惹你。

带刀子的善良，是一种快刀斩乱麻的手段，将无底线的索取提前结束。

孔子是说过"以德报怨"，可后生们都漏听了后一句话，全句是——"以德报怨，何以报德？"

别人以德来待你的时候，你才需要以德来回报别人。可是现在别人打了你，要怎么办呢？孔圣人的答案显然是以牙还牙。

没有底线的善良，只能培养出东郭先生式的滥好人。这种“善良”消耗太大，普通人多经历几次就学乖了，看世界的眼光也变得阴暗。

反倒是那些带着刀子、看似不近人情的善良，因为不损伤自我而令人乐在其中，才能持续性地存在着。

所有的告别 都发生在一瞬间

1

前段时间，接到闺密的电话，说家里出事。老人突然感觉身体不适，一查已经是重症。我不知道要以什么样的姿态安慰，只能说几句宽慰话，说接下来这一个月得难熬了吧。

在医院的闺密苦笑说，哪可能会有一个月啊，天可怜见，能有一周就好了。结果，情况真的就在几天里急转直下。病重到撒手人寰，不过数日。说实话，我很难过。不仅是因为对方是我的闺密，更是因为——这世间，太多的人和事，从没想过分开，一下就已经到了告别的时刻。

2

如今我仍然会做亲人离去的梦，每次梦醒，惴惴不安。

记得小时候，电视上在放老版《水浒传》。演到李逵接自己的母亲去梁山享福，经过沂岭，母亲口渴。老虎趁着李逵去给母亲找水，把母亲吞入腹中。李逵找水归来，可怜母亲只剩下一摊撕碎的衣物。

年幼的我被此景吓到，大哭不止，家里人赶紧换了频道。

恰好这时候换台是歌手陈红在唱歌，搞得我在之后的很长时间里，看见陈红的脸也依然害怕。

哪怕她涂着一脸红胭脂，一脸温柔似水地在春晚上唱《常回家看看》，我也总觉得她和李逵打虎有着莫大的联系。后来逐渐年长，日子渐趋顺遂，可是我发现，其实世事依然无变，我们总以为日子在处变不惊、细水长流里过着，可真正的告别从来都猝不及防。人生里所有遇到的人和事，我们原本以为是坚硬石头，到头来都是一吹就散的细沙。

3

我小的时候，在福建三明拍了电影。

因为要回学校，所以最后的庆功宴没有去，心想反正补录音时还能再见。

那时候我和一个同组的当地小姐姐很要好，约好补录音的时候见面。

她说镇上有个祠堂，堂外搭了一个宽敞漂亮的戏台，周末的时候都有戏班子在台上唱大戏。

我到了临离开时，还心心念念着那个戏台。

她也说，好啊好啊，等你哪天回来补录音，我们再见上一面，到时候我给你带一些家乡的好吃的。那时候总以为，应该很快就能再见了。

后来就被通知，不用来补录音了。我在电话那端说着“好的好的”，挂了电话就哭了。

不是因为分离而哭。很多相聚，其实在一开始的时候就准备好了要离别。

我只是遗憾。后悔为什么没有赶在离开的汽笛响起前，拉着小姐姐去看一眼戏台。

我每次都是那么仓促地离开，那是因为我总以为相逢会有时。如果我知道那是最后一次见面，我一定认认真真地说声再见。

4

记得电影《再见，我们的幼儿园》的最后，康娜从佑实的病房里出来，走完一段路，突然放声大声哭：“……老师，怎么办呢，我忘了说再见……”

我都准备好了要离别，但却忘了说“再见”。

我们约定着不远的聚会，满心期待着在下一次离别的时候说再见，却突然要面对永远的离别。

——好遗憾呢。都没来得及说再见。

——要是能说句“再见”就好了，这样我就能蹦蹦跳跳地跑向下一段旅程了。

没有忧患的生活让我们沉湎其中，以为每次相见都是永恒。

但我想，你不是小孩子了，应该多知道一个关于这个世界残忍的规则：原来几乎所有的告别都发生在一瞬间。

在deadline之前没有把事情做完，来不及在亲人离去之前表达完自己的爱意，不敢对因我们曾错手中伤的人说一声抱歉。

我们以为通信、网络、社交媒体的发达，就会使我们放心一路远游。但这时候，上天可能已经开始在你身边的某个人身上，放下了计时沙漏。

5

如果有美好来释意这残忍的规则，那么它会是：所有的告别都发生在一瞬间，所以才珍惜和你在一起。

最近我经常有人事变迁太快的感觉。想想懂事不过第一个十年就这样，再过十年、二十年、三十年，怎么办？

真想笑一句，蠢人多虑。

原来所有的告别都发生在，我们日后想起来觉得平平无奇的那一天。

如果活着的每一天都会是告别，那么就在明天的告别会上，让每个今天成为最好的昨天。

爱够想爱的人，做遍想做的事。走一场此时此刻闭上眼睛，也不去后悔的人生。

他不是看不穿你的坚强，只是懒得宠你

大学时候我在剧团认识一对情侣。

姑娘暗恋了许久，终于在男方空窗期时成功跳出，俘获人心。

在外地演出的时候，男孩和同剧团的人闹不愉快，一气之下带姑娘骑机车在夜色里狂飙，结果半夜摔在阴沟里。

姑娘手肘和脚踝都磕出血，男孩随手掸掸她裙子上的灰，就准备继续开车。

“没事？”

姑娘一时没反应过来，下意识地回答：“没事。”

男孩眼都不抬：“那就好，上车啊！”

姑娘忍着疼上了车，男孩把姑娘带到大排档，喝了一宿的酒。

伤口真的好疼，夜里的风也是真的好凉。姑娘时不时要搓着手焐一焐痛处，才能感觉疼痛稍微缓解了一些。

爱都是这么痛吗？她还年轻，并不知道。

后来姑娘阴差阳错地没跟那男孩在一起，也因此遇到了她的现任——一个把她宠到骨子里、敦厚善良的爱人。

回忆起当年，她说，现在才知道那不是爱情。

其实最好的爱情不过是，当你故作坚强的时候，他能及时发现。眼睛就是直勾勾地盯在你身上，生怕你再在狂风骤雨里受一点点伤。

当她在那个四下无人的寒夜，偷偷用焐热的手揉着伤口的时候，可能心里早已经布满冰碴了。

“那时候，我假装坚强的姿态一定很笨拙，但他依然没有注意到。在他看来，酒好不好喝、手机好不好玩、机车开得是否潇洒，比我重要。”

少年时的爱情，目不斜视，比起爱他人更爱自己。而真正成熟的爱情，是目光里有了彼此，疼惜对方藏在角落里细微渺小的坚强。

在爱人的眼中，对方就算是树皮制成的，都有如风中嫩芽的时刻，这是天赋。

你总是责怪他“太傻、太木、太蠢”，在朋友圈里戏谑着他的不解风情。他不是看不穿你的坚强，更不是愚笨，他只是懒得宠你。

《华胥引》里有一个桥段，将门之女宋凝被处以重刑，并不钟情于她的夫君沈岸只是淡淡地回了一句：“我原以为你不似那些深闺的女子，我以为你扛得住。”

他说得如此正义凛然，然而对他挚爱的柳萋萋，即便伤了一根毫毛他都要嘘寒问暖、追根溯源。大半夜兴师动众地打马回朝，只为了问一句“尚且安好”。

他身为良将，哪里是不知道将门之苦，即便是久经沙场的猛将受刑，他也理应侧目。

他不是“以为你能扛得住”，他是“根本不在乎你能不能扛得住”。

我不知道是不是现在的大环境下，容易培养出一群自诩能够“万箭穿体，金刚不坏”的姑娘。她们喝最烈的酒，爱最想爱的人，单枪匹马就能生出一身本事，在生活的腥风血雨里游刃有余。

每个人都活得刀枪不入，摔了一跤，拍拍屁股继续跑。遇到什么令人沮丧的事，眼泪草草一擦或是闷在被窝里低低地哭上几声，第二天依旧笑脸迎人。

生活在前面跑得太快了，甚至不容一个人停下来看看自己破溃的伤口。

自我治愈的能力太强大，就常常忽略了自己没有在一段爱情里得到太多在乎这样的事实。

“一定是我保护得太好，是我太能干，他才会看不出来”——你在心里这样对自己说。

可是，其实他真的很好，只是没有对你好。

你那些自以为是的托词都是自欺欺人，他哪里是看不穿你的坚强，只是懒得宠你。

如果爱不是互相保护，它根本就不必存在。

要么，是他不够成熟，还不能用成熟的思维去对待爱情，习惯性藏在一个人身后遮风避雨。要么，在他心里，你与他没有丝毫亲密关系，就好像任何一个擦肩而过的陌生人，无论你处在什么凄风冷雨中，他都能不为所动。

他把风雨都压在你肩上，是因为根本没有感同身受的痛楚，放任你、不在乎你也是因为懒得理睬。

“我不心疼你，谁心疼你”和“我不心疼你，我心疼谁”之间，就调换了两个字的顺序，却有天壤之别。

一是俯视，一是仰视，明明站在不同的位置，却总有姑娘安慰自己“他只是懒得宠我啊”。

生活不是狗血的言情剧，你何必生来就要为他受苦一般哭丧着脸。

我们都很年轻，都还很有未来。“懒得”就“懒得”吧，彼此都一脸胶原蛋白，明早去换一个能彼此宠爱的爱人。

我已经烦透了那一句“你可以的”，能否换换口味？

我想换你拍着胸脯说一句“凡事有我”，即便最终还是由我亲自完成，也会笑得比现在更开心。

有软肋的好姑娘，必须戴着盔甲

2016年10月8日，网上曝出张靓颖将在十一月举行婚礼的消息。当大家还没来得及祝福的时候，张靓颖的妈妈就通过媒体发布了公开信。

按照信里的描述，于情于财，冯轲都是一个十恶不赦的坏蛋。

作为一个疼爱女儿的母亲，张妈妈用这种“伤敌一千，自损八百”的方式，疾呼：

“他不是一个可以让我把女儿托付终身的男人啊！”

而张靓颖迅速地做出了回应：

“……我不是傻瓜，我有我想要的方向。不是等到老了有一笔不菲的存款，有几栋房子，就有安全感。而是在我死之前，能够做完我想做的事，体现我活过的价值。如果我一事无成，抱着金山银山也不会有安全感。”

一副准备单肩挑起风雨的架势让人心疼。

但我大概能听懂她的言外之意：爱我的人，不要担心我的软肋，我有自己的盔甲。

所有爱到肝脑涂地的姑娘，都应该有爱的软肋。

她们也许很优秀，面对生活大刀阔斧一往无前，看似无坚不摧，所有问题都能迎刃而解，却在爱人的怀里成为一个没有主心骨的、畏畏缩缩的小妇人。

我身边的一个姑娘在某银行总行工作，拿工资长期供养着一个在我们看来好吃懒做的小混混。我们见过那个男孩，是真真正正的言语粗鄙。

但听姑娘的回忆却又是另一个故事。

高中的某一天，她跟着朋友去迪厅玩，半路遇上抽检。那个男孩带着一群人从后门跑路，她哪里见过这种大阵势，跑得慢了，被他拽着上了摩托车。

他裸着的上半身，布满汗珠、曲线鲜明，在那一瞬间，她心动了。

她爱他，她想和他在一起——这样的念头，在他疯狂地拽着她跑离迪厅，她坐在摩托车后环抱着他的腰的时候就根深蒂固了。

知乎上有句话说，年少时不能遇到太惊艳的人。

他携了烈火烟花、佳宴美酒，一个人来你心里放了场盛大的烟火，就剥夺了你后半生安于平凡的权利。她成了所谓的“大哥的女人”。

我忍不住心酸，骂了一句：你能养他到什么时候？

“所以，我很努力，我想这份爱情不保险，再不济，我还有别的路可以走。”

作为局外人，劝是一定要劝的。劝离不成，就劝她独立。

不看好你的爱情，但恭喜你呀，能成为一个被骗也不怕的好姑娘。

谈一场奋不顾身的爱情，对于女孩来说，真的是一件力气活。想要不顾一切地爱一个人，就要有一条不管怎么样都能走得通的退路。

太多心灵鸡汤在教女孩子如何慧眼识人，可是人这种东西，哪里是两只眼睛可以认得清楚的。遇不遇到渣男，什么时候遇到渣男，眼前的老实人会不会变成渣男……这都不是姑娘们说了算。命里有时，你哪敢强行摆手说不要。

世界上没有人是真正的傻子，每个人所做的选择背后必然有其考量。

别说她愚蠢，或许是这感情太浓烈，根本没有时间考量。又或者，因为对方是那个人，她根本不想考量。

我向来瞧不起那些站在失婚、失恋的女子背后，议论对方被“鬼遮眼”或是“傻透了”的人。

容颜易改，人心善变。你恰巧拾了个好瓜，自己藏起来偷乐便是了，何必在背后对着拾了坏瓜的人指指点点，数落她的不是。搞不好你把自己的瓜破开瓤，还是个“无心瓜”呢。

谁能和谁遇到，本来就是碰运气多过考眼力的事情啊。

不被看好的爱情太多。

白素贞嫁许仙时，他也不过是“一事无所成”的无用书生，这算是物质上的不被看好。

可白娘子硬用自己的千年道行，逆了天道。

韦应物早先在《逢杨开府》中自述“朝持樗蒲局，暮窃东邻姬”。

年少轻狂，横行乡里，早晨就捧着赌具和人家赌博，夜里还去和东邻的姑娘偷情，要说这也是一等一的渣男了。

谁知他竟能立志读书，少食寡欲，焚香扫地而坐。在游故居时，深情款款地悼亡妻：永绝携手欢，空存旧行迹。冥冥独无语，杳杳将何适。

“我知道他没有想象中的那么好，可我有什么办法呢，我就是很爱他啊。”

“我知道这是我的一场空欢喜，可我仍然好想爱他。”

“你看，好也未必好，坏也未必坏。暂时的浮云蔽目，未必是不幸福。”

只去感知被爱包裹的幸福，忘记从前的不忠不义，亦不需要对未来的承诺。

和爱情有什么道理可讲呢？有人愿做扑火的飞蛾，就愿意享受粉身碎骨的快乐。

她不可能没看到周遭的议论、没听到周围的风言风语，也可能总有一天会后悔。

对于有可能所托非人的姑娘，与其担心她的软肋，不如为她塑上盔甲。

我也想在爱情里活成一摊扶不起的烂泥，但当他离去，我依然要保持我的样子。

想爱任何一个人都不必苛责，重要的是，要成为一个在遇到任何困难的时候，都能保护自己的人。

有些姑娘，你给她个倭瓜，她能变个甜枣。就怕她什么都没有，却偏要勉强一段谁都不看好的感情。

能掌控住自己的人生，再去守护爱情。

到这个时候，等一个回头的浪子，等一个愣头青的傻小子，等一个不回家的人便不是宿命，而成为选择。

我们只能部分地决定自己未来的爱人，却永远可以决定未来的自己。

戴上盔甲，再浩浩荡荡地去爱。

愿你爱得尽兴，不爱时能挥挥手，大步流星地走开。

祝你好。

一个人的出租屋，其实三个人住

学妹今年七月刚工作，在北京租了个房子，押一付三。到了退房的时候，中介各种扯皮，还要换锁。正赶上学妹刚过实习期，正站在决定去留的十字路口。

学妹又是个脸皮极薄的姑娘，不知怎么的就打通了家里的电话。

电话是妈妈接的。电话接通的那一刻，她就后悔了，不敢擤鼻子，压低了声音，尽量将所有的回答控制在两三个字。

“不冷。”

“没事。”

“都好。”

“挺不错。”

她以为自己演技精湛，结果电话那头的声音焦急地问道：“声音听起来不对劲，是不是受了什么委屈？”

好不容易憋住的眼泪又掉下来了。

学妹说，她至今都不知道，妈妈是怎么在连她自己都听不出差别的声音里，听出一份真切的愁绪满怀。

家真的是一个梗在心头的名词。既想报喜不报忧，却又忍不住向它倾诉，恨不得把所有不想告诉别人的无助和怯弱一股脑儿全部宣泄出来。

大概每一个父母都有这样的能力，在只言片语中听出儿女的情绪，哪怕是天涯海角之隔，亦与此无妨。

每个住在出租屋里的孩子，都有一个长居在电话里的父母。

我不知道是不是每个在出租屋里生活的孩子都听过这样一句话。

“一个人在外面太辛苦了吧，回家来，爸妈养你。”

我的朋友圈从来没有对父母开放，倒不是因为害怕他们窥见了什么事，而是不知道在哪里惯出的坏习惯，偶尔会在朋友圈上开玩笑地故意“卖惨”。想到父母看到这样的信息，一定会迫不及待地像慰问伤员一样地问候我。

其实我们真的没有父辈们想象的那样害怕辛苦。所谓抱怨，往往是那一阵子的劲头过了，到了第二天，依然坦荡荡的，像什么事情都没发生过。

可父母不这么觉得，他觉得你的任何一句抱怨背后就已经承载了天大的事儿，连续数天都要打电话来慰问。

实际上，城市给人的孤独感远比热闹要低微得多。白天的课程、展览、音乐会人头攒动，夜里的酒廊霓虹灯闪烁不停。

无论什么时候，在城市里总能约到朋友。电话簿里，社交软件里，再不济，还有长长一串的同城活动可供选择。

只有回到一个人的出租屋里，面对白惨惨的天花板，才发现我们其实孤身一人。

之前有篇文章特别火，文章形容做独生子女的感觉就是：不敢死，不敢远嫁，特别想赚钱，因为爸妈只有你。

那个担忧着你，而你却怕他担忧的人，只要在电话的另一端，就会成为你和远方的家之间永远不断的联系。

有人说，我不敢倒下，因为身后空无一人。

其实，倘若真的空无一人，不如就倒下算了，反正不过是硌到骨头，最坏的结果不过是弄疼了自己。

可是谁的身后会没有人，即使现在没有，未来也会有。

我们不敢倒下，正是因为身后还有别人。

——每一次偷懒，都是身后人的负重，所以才勇敢地，把一个人活成了一支队伍。

我单身的原因，就是别人都觉得我不单身

前段时间，我被人拉进了一个群里。

几个姑娘临时起意建的微信群，名字取得别致，叫“母胎单身俱乐部”——聚集了自从出了母体就单身到现在的一群人。

细看了一下群友名单，居然有一个我认识的姑娘。我们不太熟悉，但在我还记得自己看见她的第一感觉就是：这姑娘应该早已有了稳定的伴侣了吧。

“原来你还单着呢！”

“谁跟你说我已经有男朋友了？”

尴尬之余，反而是姑娘先释怀地发了个表情包来，半开玩笑地说：“这么多年也习惯了，可能我单身的原因之一，就是因为别人

都觉得我不单身吧！”

说起来也奇怪，为什么有些单身姑娘给人的第一感觉，就不像是单身呢？

是因为一个人把自己照顾得太好，没有展示出需要被爱的欲望。

这个欲望不是唇齿之间，更不是生理上的，只是一种单纯的心理需求。

我认识的一个姑娘，每周都要健身五天，肌肉线条特别美好。她像任何一个普通姑娘一样喜欢美好的事物，喜欢旅行，喜欢拍照。偶尔出国旅行也能拍出令人惊艳的照片。

如此美好，引来的却大多是过客。

“看你的朋友圈，感觉你活得太贵了，也感觉你活得太散漫了，不像可以落脚的鸟。”

你把自己照顾得太好了，男性可能会有一种恐惧，害怕无法承担你未来的生活，无法保证他带来的生活比你现在的还要精彩。

我一直觉得在恋爱的时候，从接触未深时，你就要找准时机“把整个人摊开”。与其在未来日日家庭大战，研究怎么去改变对方的三观，不如从一开始就过滤掉那些三观不符的人。

没关系，坚持你认为对的价值观，这样其实是帮你过滤了一遍对象。

精彩的人，一定会遇到另外一个能陪着你精彩的人。

有一部分女孩性格外向活泼，朋友圈广泛，活得热热闹闹。

我身边的一个姑娘，以写作为副业，经常参加座谈与沙龙，晒出朋友圈里的新朋友。每次主持沙龙，她都有各式各样的男主持人做搭档。但是她却很苦恼地说：“没有人要追我啊！”

朋友多和男朋友多，完全不能够画上等号。

异性缘强的女孩子常给别人留下一种对待爱情不认真的态度，实际上，她们更清楚自己到底需要什么样的伴侣。

比如我提到的那个姑娘，她几乎不在爱情方面进行尝试。她坦言，自己总在看对方第一眼的时候就确定了对方不是自己想要的那个人，所以早早就给自己设下了限制，刻意保持距离。一种“过尽千帆皆不是”的固执与执着。

懂得了什么是想要的，才会一直等。等一切合适的风，等一个合适的相遇。

偶尔兴起时，说到“我要去找个男朋友啦”，别人也只当是谈笑。有时还接上一句：“难道你还缺追求者吗？”

可见，太认真，太执着，就会觉得周围的人都太轻浮，不愿意去深入接触。

只是，在想象中去寻求契合的人太难，很多认真其实可以放在了解之后。

单身在很多人心目中的第一个原因，是矮胖丑。

但是俗话说，“只有懒女人，没有丑女人”，大部分女孩稍加修饰就能脱离矮胖丑。

这仅仅是因为你表现出的某种状态，不像是在准备好等另外一个人的出现。

单位有个姑娘，胖乎乎的但每天都带着精致的妆容。妆不算太浓，就用气垫BB打一层底色，把缺陷的眉毛画整齐，再涂上淡淡的口红。

她看上去像是什么都准备好了，每天都神采奕奕地生活着，等待某一个人在间隙里插进她的生活。

反观同办公室的另一个姑娘，虽然算不上特别漂亮，但白皙清瘦，光凭颜值肯定远胜于那位小胖姑娘。

她常常踩着点来上班，因为走得太急也来不及撩一下头发，头发乱七八糟地就来了，本来挺漂亮的一张脸经常油乎乎、汗涔涔。时常看见她将早餐提溜在手上，到了电梯里还啃着个小面包。

开会的时候领导在讲话，我用余光瞥见她拿着一个牛皮笔记本，自顾自地转着笔玩。

单位的同事都形容她像个学生，她听完以为是形容自己年轻还沾沾自喜，其实同事们只是觉得她从穿着到气质一点儿都没有离开学生时代的稚气。

她像是从来没有决定进入现在的生活。很难想象可以与她共同经营一段稳定的感情。

一个人为了事业已经着急忙慌了，再好的爱情也只能望而却步。自己的生活尚不能顾及，哪有人有勇气敢单刀直入呢！

求偶时的孔雀尚且要开屏，但你一点脂粉气都没有，一脸写着“我真的很忙，还没有打算接受另一个人”，将生活重心放在别处，谁能勇敢地介入你的生活？

“我单身的原因，就是别人都觉得我不单身。”

我不觉得短暂的独处独行有什么坏处，但最好的状态是想要独处的时候，能稳住岁月静美。想爱一个人的时候，脸上也能写着“我已经准备好了”。

其实，男人作起来更矫情

1

自从看过了张抗抗的《作女》，潜意识里觉得“作”字是用来形容女性的。

有人说，“作”是一种运动，它呈现出女人身体波浪般的曲线。因为女人的力气不够，她们想要顶开头上那块几千年沉积的盖板，只能一下一下地拱动，拱动就成为“作”的必要姿势。

女人的“作”往往来源于，她们已经在内心里描摹出了一个理想的恋爱对象，而他迟迟未出现。口味在久久的幻想里养刁了，吃不惯家常的清粥小菜。想要红烧肘子，就不能先用皮蛋拌豆腐凑合着，所以宁愿等一等。

但小说里，卓尔提出了一个问题——为什么只有“作女”，没有“作男”？

我们常会说起，某个女人有些矫情有些作，矫情的女人怎样、如何，可其实，男人作起来的矫情，一点都不比女人差。

男人作起来，才真的是不要命。

2

曾经遇到过一个特别“作”的男孩，在酒后吐得翻天覆地，掀翻桌子，坐在一堆乌泱泱的秽物中央，红了眼睛。

然后全程歇斯底里：“我特想要她啊，她就是我的神，我的一切……”

我们目睹了他的爱情，隔岸观火，同行姑娘刷着厚重睫毛膏的眼睛都跟着哭糊了。

怎么能不遗憾呢，谁都知道他有多喜欢那个姑娘。

他和女孩是初中同学，隔着一条街，青梅竹马。女孩选择考本省大学，男孩“恰好”也考上了。我曾问他为什么不出去闯，是不是为了女孩。他故作躲开视线，摆出一脸嫌弃：“谁为了她？我是为了自己！”

女孩被同乡骗了钱，着急忙慌地来找男孩，肩膀哭得一颤一颤的。

听到数额，他吼她：

“你说你是不是傻？这么大个人了，还会被人家骗钱？”

“你这样，叔叔阿姨怎么能省心？”

结果呢？当时还在读大学的男孩在楼道里贴小广告，“重装电脑二十元”，他靠这个赚了一点钱，把这点钱和攒下来的生活费一起递给了姑娘——她是他心里没长大的丫头，他怎么会真的在责怪她。

他死了的鸭子嘴硬，什么也没说，轻描淡写地交代：“借你的，记得要还。”

他以为，自己做得不动声色，才能让她接受得坦坦荡荡。他害怕女孩因为这笔钱，心里有哪怕一丝的愧疚感和不愉快。

因为太爱了，所以假扮成普通朋友，自甘成为小丑，只想一直站在她的背后。

可是这样默不作声的爱太难感知了。在女孩想和他在一起的时候，男孩永远“作天作地”地把她推开，让她无法确定爱是不是真实存在。

失望至极，女孩想通了，世上的树何止一棵，美雀安能无枝可依？于是，头也不回地离开了。

他在身后为她做了许多事，到头来，却被错误的表达方式绊住了手脚。

3

我们总把男人放在主动的位置上，但也总有男人就是不主动，他们默默把爱情藏在深处，试图等待某一个契机进行表达。

他们外表轻狂，看似过尽千帆皆冷眼，内心却是很重情义的，但所有的表现却完全是负分。

电影《从你的全世界路过》里有个陈末，人如其名，遇到爱情，一贯沉默。

陈末和小容毕业后一起做了一档叫《从你的全世界路过》的节目，这档晚间情感节目见证着他们的恋情从炽热到破裂。分手以后，陈末把节目的收视率做到全台倒数第一，一种“我就是要你看看，没有你我的世界都是坍塌的”的破罐子破摔。

他以为用自己的失败就可以纪念爱情里的干柴烈火，用一蹶不振、惨绝人寰的余生来说明曾经的为爱痴狂。陈末啊陈末，你这个夙蛋。

都说山月不知心底事，可是再脆弱卑微的情绪，人们都总想让相似的生物知道。

多少暗夜里，回旋在城市上空的声音，只是希冀直抵万千听众里最想见到的那一个人。陈末作为媒介，早已见怪不怪。

陈末像是一个转换器，听众们就像是用户，在客户端输入失败、失望、失恋、伤心、误会、诀别等负能量的字眼，然后陈末职业化地将它们转化成温暖的字眼。

他和大多数男人一样，在哥们儿的失恋酒局里高谈阔论着爱情，唯独开解不了自己。

他们对别人好，从来没有直接表达。与其说他们不会表达，不如说就是“作得矫情”。

小容经济方面出现问题，陈末一声不吭，众目睽睽下开车撞了小容的车。

是因为不爱吗？明明是因为爱。

他以此为借口，帮助她渡过难关。

陈末本可以心安理得地享受着小容的感激和亏欠。可他比任何人都了解小容，知道在这种情况下，她绝对不会收下他的钱。于是，默默地、迂回地、用不利己的方式完成了这一场“自己的英雄壮举”。

他内心里太害怕小容受伤，却又想在她面前逞英雄，在儿女情长面前装作无动于衷的样子。

4

多少姑娘开始活得愈加潇洒，站在被动位置仍能“微微一笑泯恩仇”，对待逝去的爱情，眼不抬眉不低地感慨一句：随他去吧！

讲真的，男人作起来，矫情过女人，婆婆妈妈过女人。他们多数时候像一个转换器，只懂得输出言行俱厉的字眼。

陈末形容和小容之间的感情：这是属于我的青春，光芒万丈的青春。

——可是，那只是青春而已，用不着糟蹋余生。

《从你的全世界路过》里，有个评论说出了我的心声：片中这几个男的，动不动就“我要让全世界……”“我要永远……”。全世界哪有工夫搭理你？永远谁知道有多远？

真心的，别提全世界，别提永远。别死，别作，别犯蠢。

和你看到的咫尺之内的人，千万别谈什么远方。

姑娘们的心声都一样：你想要我自由自在，而我，只想要爱。

别再“作天作地”地选用委婉的示爱，能不能单刀直入，看一场风花雪月，听一首花好月圆？

听任身边人渐行渐远，变成了抓不住的细沙，才懊恼当初未能金屋藏娇、好生珍惜——这样多遗憾。

他的温柔用来对付所有人，只有你当了真

1

前几天我收到一个读者的私信，她在信里说，自己喜欢上了一个“中央空调式”的男孩子，问我还能不能继续。

这个男孩听起来很好：姑娘一个人在备考研究生，几乎每天一睡醒就排队进图书馆，而男孩总能在五层楼的图书馆里准确无误地找到她。

他为姑娘去外校借考研资料，复印完装订成册给她。天冷的时候，陪姑娘去校门口买水果，偶尔搭一下肩膀都让姑娘小鹿乱撞。

这份喜欢，看上去隐蔽而私密，颇有些少年恋情的青涩姿态。日久天长，像是给我们女主角唇上抹了一把蜜糖。

姑娘也做了回应，她周末带着煲好的汤去男生宿舍，偶尔还旷课约男孩出门。之后越来越明显，其情可鉴，几乎到了“司马昭之

心，路人皆知”的地步。姑娘甚至在情人节精心准备了礼物，托人送到他宿舍。

很快她就发现了不对的地方——

他不回应，一贯地缄默着，一贯地平和博爱着。

2

这就很可怕了。

男孩是个性格很好的老好人。

一个好男孩当然能暖很多人。

但“中央空调”无论对别人怎么样暖，他的回应态度都是模糊、似是而非的。他要维持着自己多段暧昧的关系，就必须不给任何一方以回应。

一边做着超越朋友界限的事情，一边却想以朋友之名搪塞过去。

他不是在等着姑娘质问，而是盼着她藏掖着。最终目标是想让女生以“大概是我自己自作多情吧”为安慰甘心付出。

等姑娘们发现这一点时，早已经骑虎难下。

3

有个词叫不娶何撩，其实何止不娶，不爱也不应撩。

一些男生擅长让女生会错意，满足他野花遍天下的成就感。

我倒不觉得女子相信“浪子形骸而痴心一片”算是什么愚蠢的事。我反而觉得，该把它看作女人的幸事，庆幸经过了如此漫长的岁月，还保有一份难得的恪纯，足够天真到去相信可以凭一己之力救顽固于无形。

乱花丛中过，片叶不沾身，能攻天下却仍记得你眉间的一点朱砂。比之男人，女人的占有欲势必要弱一些，但也存在着。就像一个人人竞聘的岗位，任凭谁都得之而喜。

但是，日久就发现，雄性的温柔是需要驯化的。如果他一上来就甜言蜜语地手握着战斗的主动权，你就该清楚，自己和他一开始就不是一个段位的。

你从一开始就输了。你不知道他在漫长的岁月里撒了多少次渔网，就等着正晕头转向的笨鱼自己上钩。

要做多少次别人的暖男，才归纳出一套哄好姑娘的本事，依样画葫芦地用在你身上。

他用温柔对付完所有人，只有你一个人当了真。

即便情感博主说多少次要远离“中央空调式”的人物，还是有人前仆后继地涌上去，天真地自我安慰“他只是对我一个人好”。

——是啊，他真的很好，好到他从来没有勇气承认你的好。

6

你够出众，才有人关注你的出格

从来没有人是完全因为出格而被人关注。如果说出格是一个被人发现的契机，那么出众才是奠基。

你够出众，才有人关注你的出格

1

我高中就读的学校，是我们省最重点的中学之一。

我们学校有各种离经叛道的“异次元”社团：玩动漫角色扮演的可以去全国参加漫展，玩机器人的可以去亚洲参加机器人锦标赛，英语小组可以不上课，出去和外国人聊天。

当时还在叛逆期的我，感到一切都非常新鲜。我甚至还想打耳洞、想文身、想试着抽烟、想尝尝酒的味道，想做遍大人所说的“不能做的事情”。

但当时老师说了一句话，令我至今印象深刻。

“你们不是因为出格而被别人关注。”

2

你是一所重点中学的学生，这不算是什么值得骄傲的事，但至少证明了你曾经有过这样的能力。

所以，你的叛逆可以不被过度解读。你至少有了一个优点，在茫茫人海中显得突出了一些，然后你的出格才能被别人发现甚至欣赏。

有一段时间，我经常看到这样的新闻：

北大的某某学子因为找不到工作，自主创业四处碰壁，最后下海卖猪肉。然后痛心疾首，声称对不起母校多年的栽培，对不起自己学海沉浮多年的艰辛。

新闻里给足了背景——名校出身，成绩优异。

媒体和大众在这些离自己有些遥远的“出众”设定里，找到了存在感，却没注意到无论对方是卖什么，都因为这一轮的宣传而赚得盆满钵满。

他在用企业家的头脑聪明地“卖惨”，而大众只能“听话”地对他的出格津津乐道。

3

朋友在电视台工作，在为一档娱乐节目物色嘉宾。一个漂亮的自媒体作者闯进了他的视野里。

那姑娘眉眼弯弯、笑靥迷人。

结果面试时，她回答的都是些没有新意的话，把别人的话排列组合颠来倒去地再叙述一遍。

底子不够，说出来的话不足以让人信服，就算强上节目也救不了收视率。最终朋友舍弃了她，选择了另外一个相貌不出众但舌灿莲花的姑娘。

之前薛之谦刚红起来的时候，媒体总说他的“翻红”是因写段子这种出格的行为，评价他不过顺应了网络时代的趋势，撞到了一个流量风口。

等他真正参加了综艺节目，在真人秀中表现出了他过人的反应能力，又三番五次用段子去交换能让自己展现音乐天赋的舞台，大家才发现他的出格是有基石的。

功力强，才能偶尔大闹天宫，而不被压在五指山下。

底盘稳，才有肆意尝试点浑不吝的新主意。

4

从来没有人是完全因为出格而被人关注。

如果说出格是一个被人发现的契机，那么出众才是奠基。

越来越多的“黑鸡汤”给我们揭露了猎奇故事背后的真相：比尔·盖茨没读大学一样做首富，可是他考上的是哈佛大学。

总有人说，在现在这个眼球社会，谁更出格一点谁就赢了。信息爆炸的时代，谁吸引住了大众的好奇心，就是赢了。所以渐渐孵化出了芙蓉姐姐、凤姐这类“审丑”的畸形审美，又炮制出了无数街头巷尾传唱的口水歌。

这些能够让我们喊出名字的“出格派”作为第一个开始以审丑为目标的人，必定拥有常人不能及的敏锐的洞察力和果断的行动力，这本来就是她们的出众。

但是，一而再，再而三，什么事情到了第三次就没意思了。后面效仿的那些人就称不上出众，只能算是出格，最终只能“泯然众人矣”。

大浪淘沙，最后留下的人，看似因为出格，实则都是因为出众。

你丑 不是因为你爸妈

我不知道讲起“胖子”这个词，大家是不是都会想到身边的某一个朋友。

对我来说，对“胖子”这个词的条件反射就是大圆子。据大圆子自己说，她是属于“母胎胖”，换一个像样的医学名词就是遗传性肥胖，逃无可逃。

像这样的姑娘，从童年开始都离不开与胖有关的代号。她的名字中有个“圆”字，我们叫“大圆子”或是“胖圆”。

但她不介意，坚持称自己为“XXXXL号的高圆圆”。

她有着所有胖姑娘的开朗，喜欢说“爱笑的女生运气不会差”。

每次我听得差点把喝的水全部喷出来——在那么多黑鸡汤的洗礼下，还能这么理直气壮地说着经典的心灵鸡汤，也只有大圆子了。

好像在小品里看到一个胖子扭着腰说，我胖，可是我美啊。

啧啧啧，是多大的自信才能说出这种话啊。

我很佩服她的一点，是她从来没有失去向往美的能力。

高中的时候我常和大圆子一起去图书馆。在那个年纪，美和丑早已有了界定，小小的美人们早已自恃美貌开始享受起众人拥戴的特权。每天都有舞蹈班的姑娘努力伸长着脖颈，从教室门口走过，肆无忌惮地笑闹着。

我戴着个大眼镜看《京华烟云》，然后写书评，夸夸其谈，说美人的宿命是“红颜薄命”。

然而心里是嫉妒的，美人够美，所以，就算福薄也有人为她著书立传。谁管丑人怎么活呢？

那时候，大圆子就在一旁看时尚杂志，她会把自认为不错的搭配圈起来，像一个认真学生一样，把流行趋势抄在本子里。

少年的我，从她那里第一次听说了《昕薇》、《悦己》和《时尚芭莎》。

长痘的时候，她教我怎么用针挤，怎么消毒才不留疤痕。

她学那些非主流的打扮，丑了不知道几回，终于从一点也不适合她的日式森女风转型到硬挺的立体裁剪。为了配得上衣服，也坚持努力练习莱美课程，她从一个丑胖子变成了一个精致的胖子。

一个自命不凡的美人每日对镜梳妆，把自己打理得妥妥帖帖，那是“天生丽质难自弃”。

可是，天生好看的又能有几个人？

所以，你丑绝对不是因为你爸妈。一个丑姑娘没有丢掉她对美的向往，才是最大的难得。

我丑，可是我不缺爱啊，无论是爱自己，还是爱别人。

能美起来当然很好，可我不执着于此，我当然也觉得“美若天仙”是个好词儿，也没觉得丑就能心安理得。既然颜值这条大路走不通，我就一边修路，一边旁敲侧击地努力去把生活变好。

我曾开玩笑地嘲笑大圆子，三分的颜值就别想过出八分的人生，剩下五分靠才华补全呗。

其实丑这件事儿吧，谁丑谁知道滋味。

看《雪山飞狐》的时候，我最喜欢程灵素。小妹子年方十六，初见胡斐，一见倾心，赠两朵蓝花芳心暗许。

可是一见她“除了眼睛外，容貌却是平平，肌肤枯黄，脸有菜色，头发也是又黄又稀……”，胡斐便什么心思都没有了。

灵素的爱，到了后期已经够明显了，再驽钝的男人都足以感知。

“胡斐次晨转醒，见自己背上披了一件长袍，想是程灵素在晚间所盖。”

“程灵素叫胡斐试穿，衣袖长了两寸……于是取出剪刀针线，便在灯下给他修剪。”

胡斐乃少年英才，当然心知肚明。于是想了个万全的金蝉脱壳之法：认了程灵素作“二妹”。意思昭然若揭——我们俩没戏。

曾经替程姑娘鸣不平，觉得如果见面那年，她不灰头土脸地站在路边，干瘪得像是没长大的村妞，而是风华绝代的美人，胡大侠会不会多看她一眼，继而了解到她是多么体贴聪明的姑娘呢？

想当年我还孩子气地问：要是我变丑了、变老了，你还会爱我吗？

其实这个问题不是问别人，而是问自己：拿掉一张好看的脸，你还有什么？

可是，如果没有“好看”这张入场券，谁去探究你“更好看”的内心，谁给你机会去展示“更好看”的内心？

好的爱情，始于颜值，陷于灵魂。就像制作一款甜品，先是深耕外貌，让它跃然于菜单，再等食客品一品，滋味也必须不负尊容才行。

毕竟，漂亮的脸蛋太多，有趣的灵魂难找。颜值与灵魂并驾齐驱，才不至于有狗尾续貂的生活。

不必用你的恩情，捆束我的手脚

1

我认识的一个姑娘，她从稳定的报社转投广告行业，学历虽高，但奈何资历不足，做起事情来丈二和尚摸不着头脑。

有位年长几年的女同事对她极好，姑娘唤她“老师”。

那位老师比她资深，起初总是提携着她。老师的所作所为，也对得起这个徒有其名却毫无获利的“师父”名号，知无不言，言无不尽，悉心提点。

姑娘是外地人，房子租了一个半月的时候，因为房东和二房东的沟通没做好，被强行撵出屋。身为本地人的老师就把姑娘带回家住了一阵子。当然，姑娘也乖巧地替老师打下手，视为回报。

在老师的帮助下，姑娘成长得很快，马上就超越了同时期入职的姑娘，成了新一代里的“一把手”。

姑娘被选入一个重要案子的项目组。那天，老师买了小龙虾，十三香的，还叫了一扎冰啤酒。借口加班是假，帮她庆功是真。

那时候，老师还是真真正正地为她开心。

姑娘打心眼里承认老师的无人匹敌，老师也真正在为学生的成就骄傲。

2

后来姑娘的生活也慢慢好起来，从五百元一个月的单间搬到了一千五百元一个月的小公寓。

再去问老师问题，老师开始懈怠了，偶尔敷衍几句，直言自己早已提点不起。日久，姑娘也就不问了。

之后，几次提案，姑娘都做得更漂亮出众，慢慢抢了风头。那位老师直截了当地质问她，“当初是我带出的你，怎么就这么忘恩负义，借力爬到我头上来。”

姑娘和我说的时候特别委屈，天晓得，她是怎样才一瘸一拐地走到今日。

姑娘说，老师怎么就不明白呢？虽然感激老师的恩情，但她也做了许多额外的努力，才走得到今天的位置。

3

我不知道你们是不是经常听到父母说“我是为了你才……”“要不是因为你……”，也时常有人说，“你这样做怎么对得起我”，

“你都忘记了你的初心吗”。

我不知道一个人要受多少恩惠才会长大，恩情这个东西，一旦欠下来，就很难偿还。

就像向人借了钱，利息多少，都得凭对方说了算。你向他借一角，他要你还一块都不过分。

多年前许仙哥哥随手救了一条小蛇，就有了青城山下白素贞化为人形、断桥相迎、以身相许。

他不打算要什么，而她仍要给，这便是“施舍”与“得到”之间最美好的关系。

予人恩惠者，不去想所能得到的，不做越界的要求，若对方有投桃报李之心已是满足。

为人师表，为人父母，并不是把着自己的威风，念着自己的恩惠，而困着他人的出路。

受人恩惠者，不拘于恩惠的压力，要有底线，不要一味偿还。

发达的时候有高人相助必然好，但**有时候高人之高，并不是不可逾越**。我们总提尊师敬老，这是敬那一份旧日温情。今日留一物，他日好相见，任何圈子都不大，总会抬头不见低头见，他日殊途，只看能力，不看先来后到。

没有无缘无故的恩情和无缘无故的回报，**不提什么公道自在人心，但求无愧天地，一生长乐**。

女生喜欢被什么样的男生撩？

1

无论网络上的追爱秘籍多么丰富，这个世界上总有一类男生，他们被女孩们形容成：活该没有女朋友。

大学的时候，我一好哥们儿说要给女朋友一个惊喜告白，先是神神道道地全程保密，我们一帮朋友都被蒙在鼓里，他一副胸有成竹的样子，用心至深，天地可鉴。

哥们儿平时本身也是个聪明的家伙，我们放心地做足了看戏的准备，到了时间，就趿拉着拖鞋零零散散地到约定的草坪。

哥们儿掀起一块奶奶牌大红布喊了一声“surprise”，露出一堆长短不一的蜡烛头。

想象是很美好的——一卡车蜡烛，在女生宿舍楼下摆出爱心形状，耳边传来小提琴声，烛光摇曳，映着害羞的笑脸。

结果，那天点完一排红蜡烛，正赶上起风，蜡油滴得全草坪都是。蜡烛太短，右边的蜡烛还没点上，左边的蜡烛早已经烧完。中途夹杂着楼管阿姨高亢的大嗓门：“干什么呢！学校不能点明火！”抑扬顿挫，中气十足。

刚开始我们还试图救场，调和楼管阿姨的更年期综合征，直到哥们儿匪夷所思地拿出一个高音喇叭，是从校门口的“样样两元”店里借来的。

“×××，我喜欢你……”

喇叭突然没声了，呜呜了几声之后，突然雷鸣一样地响起了“全场样样两元，全场样样两元……”

在一片爆笑声中，女主角选择了闭门不出——我不知道她真的闭塞耳目、久居不出，还是早已偷偷在宿舍窗户旁窥见，在心里偷骂。

如果不是看在朋友的情分上，我怀疑那一刻我会拿着高音喇叭去敲他的脑门。

害羞的小男孩学霸王硬上弓式的套路，直接用最糟糕的求爱方式开错了门。

2

我曾经在网上看到一个帖子，问“不会撩妹强撩是什么感觉”。

其中有个答主说，当年有人追她的时候，早晨六点多打电话来，说他在外面等着她，给她买了早餐。

她虽然睡眼惺忪，但依然很激动，穿上厚厚的羽绒服哆哆嗦嗦地就出去了。结果对方含情脉脉地塞给她俩馒头，还是凉的。

——对，没错，是两个冻得梆硬的冷馒头。

曾经有个闺密被人追，对方一天二十四小时开着微信。早中晚必说一句“早上/中午/晚上好”，过了饭点必问一句“吃了吗”，称呼从“小仙女”到“小太阳”“小蘑菇”，极尽暧昧之能事。

闺密苦笑着拿聊天记录给我看：“这叫我怎么回答呢？难道他说早上好，我还能回一句我爱你吗？”

大概这样毫无回应地发了一个月，对方就放弃了，临末了还甩下一句：你难道没有一点感动？

我爱吃苹果，你天天塞给我一筐梨，我为什么要感动？

3

都说是套路得人心，可是用不好套路，都适得其反。

有时候真想血洗一下网络上的所谓“撩妹教程”，教一教想撩又不得法门的男孩们。

最初阶段，应该安安静静地安排一场二人世界，制造浪漫的对谈的机会，制造一个浪漫的交谈情境，但依旧要保持两个成年人之间成熟的沟通方式。恋人未满，除了进一步的互相了解，其他的亲昵都算是假象。

以关怀为主的撩法，一定要在确认感觉之后。每日问安固然温暖，但哪个姑娘也受不住一个陌生人莫名其妙又高频率的关心。

对于稳定的爱情，有些教程真是高估了女孩在爱情中的虚荣心，以为每个女孩都在内心里喜欢“被别人看到的幸福”。

当然公开的示爱必不可少，但一定要保证它的万无一失。不要在没有充分准备之前，轻易尝试倒霉孩子的“新奇玩法”。送花也好，上下班接送也好，可控性越强越好。在广场表白被保安劝走，或是搞个快闪连舞步都记不住，为了所谓的“惊喜”搞砸了才是得不偿失。

4

我很喜欢一类冷静干脆的姑娘，对待感情从不拖泥带水。

当她尚未决定开始一段新的爱情，或是因为某些原因还在等另一个人回应时，对于外来讯号置之不理。

都说套路得人心，可你是什么样的人更重要。你很聪明，可是我也不傻。

姑娘们都是情感动物，人过留情处，甚至连雕虫小技都用不上。前几天我看见作者大力发了一条朋友圈：我的陈先生惹我生气了，我一路上气呼呼不跟他说话，心里想看你怎么哄我，结果这货突然来一句“我背你”，我问为什么，他也没说，就蹲下背我……你们直男哄女生的方式可真奇怪啊，然而我还是被哄好了。

世上撩术千百招，不及真情得人心。

若你我希冀不同未来，谁都应该头也不回走开

1

波哥和阿媛曾经是一对。

波哥家是典型的闽南家庭，日日香烛萦绕。他从小目睹着母亲的温良贤淑，父亲去外地进货，母亲就在家求神拜佛祈祷丈夫早日平安归来。母亲操持着一大家子的生计，并认为是理所当然。

80后的波哥其实已经不再传统，但因为长期的耳濡目染，他希望未来的另一半能像他的母亲一样，甘愿为家庭奉献。

波哥并非不尊重女性。作为女生，我在和他聊天的时候感觉特别舒服，他平易近人也非常绅士。

但从小到大的家庭环境让他不知道除此之外还有什么其他的相处模式，这种状态是让他最舒服的状态。他必须确保自己，能够按照这种生活方式与自己的伴侣白头偕老下去。

而阿媛的父母都是老师，她从小就在校园里撒丫子跑着，学钢琴，学跳舞。父母足够开明，愿意让她去尝试所有她觉得好奇的事情，而不受到家庭的捆绑。

在她心目中，理想的家庭是双方彼此结合又能各自独立，各有一个互不干涉的私人空间。

起初，阿媛总自信地认为也许波哥愿意因她而改变。而波哥也认为，嫁鸡随鸡，嫁狗随狗，时间会渐渐改变阿媛的想法，她会慢慢接受他想要的生活模式，并且努力向他靠近。

两个眼中有不同未来的人，陷入了长期磨合的僵局。

2

李宗盛在《我明白》里唱道：若是两人眼里有不同的未来，我想谁都应该头也不回走开。

就算深深情意不再，也能付出些关怀。

其实长久的爱情不仅是一种契约，更是两个人共同认可并遵守某项规则一同生活下去。而打破一个人一向遵守的生活规则是一件太困难的事情。

能适应这个规则的两个人，好好地坐下来谈谈，就可以遵循着这个规则白头到老。但有时候，一方是那种端了个碗就可以讲黄色段子的老司机，希望自己的情感是可以及时行乐；另一方是那种从少女时代就看言情小说、希望自己嫁给初恋的姑娘。如果两个人对未来怀有不同的期待，不如互相交代清楚，看看是否能够调和，如果希冀不同的未来，不如退回朋友，各自甩甩头奔前程。

有人这样形容爱情：如果她涉世未深，就带她看尽人间繁华。若她历经沧桑，就带她坐一次旋转木马。如果他情窦初开，你就宽衣解带；如果他阅人无数，你就灶边炉台。

你不知道另一半处在人生的哪个阶段，她是想骑旋转木马还是想看人间繁华，是情窦初开还是阅人无数。

我们总以为自己有足够大的力量，可以改变另外一个人。但事实上，内心那个执拗的自己，总在某些时候猝不及防地出现。

3

我小时候看过一部港剧，叫《火玫瑰》。女主角自幼在孤儿院长大，只能透过写信向她的助养人男主角倾诉一切，可是二人总是缘悭一面。长大后，机缘巧合之下得以遇见，双方都情难自抑。

女主角总想要报复仇家，尽管在男主角的劝说下，三番四次扬言要放弃报仇，却一次又一次地食言。

年岁尚小的我，满心以为男主角会站在女主角那边，为她的身世痛心疾首抑或是舍不得她孤军奋战，再不济也应该是默默在背后呵护安慰。却未承想，结局是男主角大失所望，决定远走他乡。

那是我第一次知道有些人即便相爱，仍不适合在一起。即便编剧让两人因一时的情感而勉强结合，我们也可以预知到结局。

一个人想过着与世无争的平淡生活，闲时拈花弄草、逗鸟养鱼。另一个人竭尽全力想成为人中龙凤，时刻秉持着强烈的危机感。

两人的优点都是对方眼里的缺点。那时候，一方嫌另一方忧患意识缺乏，而另一方却反过来否定对方的努力。长此以往，总有爱包庇不住的一天。

如果发现两个人想要的未来愿景完全不同，就不要再徒劳地拉扯了。

其实很多人早早地就发现了双方的不等式，但沉浸在爱情中难以抽离，总觉得爱情的甜蜜能够改变一个人对未来所有的期待。

其实，人生还长，错过一次，更容易遇到合适的爱人。人当然不能希冀找到个严丝合缝的伴侣，但找个“先天合适”的人，总比把大相径庭的两个人拉回同一条起跑线要来得快一些，有把握些。

做回朋友之后的阿媛和波哥就很要好，每次聚会都不计前嫌地出来，各自拿对方的恋爱对象打趣。

他们谁也没有耽误谁，两个人往不同的方向前进。

向那些错过的人道谢，无法齐头并进，亦可以分头欢喜。

来从千山万山来，归向千山万山去。到最后，总有一个人，你自然会懂。